Kirsten Eggers · Das Geheimnis der goldenen Rose

AF191735

Tragische Unglücksfälle entreißen Greta Holinger immer wieder Menschen, die in ihrem Leben eine tragende Rolle spielen.

Präparierte Rosen werden zu geheimnisvollen Wegbegleitern, deren Sinn sie erst erkennt, als es fast zu spät ist. Die Ereignisse verdichten sich zu einem turbulenten Strudel aus Intrigen, Leidenschaft und Verbrechen. Er zieht Greta fast in die Tiefe, als die dunklen Machenschaften eine unvermutete Auflösung finden.

Erst Jahre später ist sie bereit, ihren Blick nochmals auf die Vergangenheit zu richten und muss sich der Frage stellen – ist es wirklich vorbei?

Kirsten Eggers ist 1966 in Bremen geboren. Sie lebt in der Nordheide und im Bergischen Land. Schon im Jugendalter entstanden erste Geschichten. Der Roman mit Krimi-Charakter »Das Geheimnis der goldenen Rose« ist ihr erstes Buch. Ein weiteres ist in Arbeit.

Kirsten Eggers

Das Geheimnis der goldenen Rose

Roman

2003
© Kirsten Eggers
Satz und Layout: Buch & medi@ GmbH, München
Umschlaggestaltung: Kay Fretwurst, Spreeau
Herstellung: Books on Demand GmbH, Norderstedt
Printed in Germany
ISBN 3-8330-0811-3

Prolog: 2002 – Zürich

Wie jeden Abend war die Zeit, in der meine beiden Kinder zu Bett gehen sollten, ein schwieriger Moment.

Plötzlich gab es für die Mädchen noch etwas unglaublich Dringendes zu erledigen. Manchmal war es die Suche nach einer Puppe, die noch mit ins Bett musste, oder aufkommender Hunger machte das sofortige Zu-Bett-Gehen unmöglich.

Heute konnte sich meine Tochter Kira nicht von ihrem Computer-Spiel trennen. Ich hatte keine Lust auf Streit oder kleine Rangeleien, so entschloss ich mich strategisch vorzugehen.

»Kira, leg doch mal deinen Gameboy beiseite. Das Märchen lese ich euch nur vor, wenn du nicht weiter mit diesem Ding spielst. Also, entweder oder. Maja, komm, geh jetzt auch ins Bett, damit wir anfangen können.«

Sich möglichst langsam bewegend, gingen sie zu Bett, schauten mich dann aber doch ganz erwartungsvoll an.

Ich atmete tief durch und begann die Geschichte vorzulesen:

»Es mag schon 200 Jahre her sein, als sich diese Geschichte zutrug, die ich nun erzählen möchte. Auch ich habe sie erzählt bekommen, wie schon viele Menschen vor mir.

Es lebte damals ein Mädchen, an das sich die Menschen noch lange erinnern sollten!

Es kam aus sehr armen Verhältnissen, denn der Vater war ein selbstsüchtiger Taugenichts, der die Arbeit scheute wie die Ratten das Licht.

Stets dachte er nur an sich und verschwendete keinen

Gedanken an seine kranke Frau, die häufig das Bett hü-
ten musste und deshalb wenig als Schneiderin verdienen
konnte.

Da auch das Essen immer knapper wurde, waren sie auf
Almosen angewiesen, die andere für sie bereit hielten. So
ging das Mädchen jeden Abend nach Sonnenuntergang
durch lange, dunkle Gassen, bis es zu einem Gasthof kam,
wo der gütige Koch stets die Reste des vergangenen Essens
für es verwahrte.

Ich schaute von meinem Buch auf, weil meine sechsjährige
Tochter Maja mir eine Frage stellte:

»Wieso ist denn der Vater da nicht selbst hingegangen?
Hatte der denn gar keine Angst um seine Tochter? Papi
würde uns da nicht hingehen lassen, oder?«

Darauf antwortete ich ihr fast automatisch:

»Nein, Maja – jetzt hör weiter zu, ihr sollt doch gleich
schlafen!«

Mein Blick ging zu meiner großen Tochter Kira, die im
Bett gegenüber lag. Sie war zwei Jahre älter als Maja. Bis
zum Kinn in die Bettdecke eingemummelt, lag sie mit geschlossenen Augen da, so dass ich nicht erkennen konnte,
ob sie schon schlief oder mir noch zuhörte.

Ich las weiter:

»Aber das Mädchen war auch reich – reich an Herz und
Seele und hatte viel Fantasie. So träumte es oft – auch
wenn es seiner Mutter bei den Näharbeiten helfen musste.
Waren diese dann fertig, gehörte es noch zu seinen Aufga-
ben, den Kunden die fertig gestellten Arbeiten nach Hause
zu bringen.

Auf seinen Wegen durch das Dorf träumte das Mädchen
so offensichtlich, dass niemand sich traute es anzuspre-
chen. Keiner aber, der guten Herzens war, konnte seinen
Blick von ihm abwenden. Denn wer einmal in sein Gesicht

6

sah, konnte es nicht mehr vergessen, solch eine Verzauberung ging von ihm aus. Es war, als ob sein geträumtes Glück sich auf die Menschen übertrug, wenn sie es nur lange genug ansahen! Menschen mit dunkler Seele aber konnten seinem Blick nicht standhalten. Sie erschraken furchtbar, denn sie sahen darin nur sich selbst. So kam es, dass alle das Mädchen Glück nannten.

Die Jahre vergingen und das Kind erblühte zu einem schönen Mädchen. Es war von zarter Gestalt und trug seine langen blonden Haare zu Zöpfen geflochten, die die Mutter jeden Morgen kunstvoll auf seinem Kopf feststeckte. Es hatte blau-graue Augen, die umrahmt waren von einem Kranz dichter Wimpern. Hübsch tummelten sich Sommersprossen auf seinem schmalen Nasenrücken.

Obwohl sein Leben in den letzten Jahren voller Entbehrungen gewesen war, umspielte stets ein leises Lächeln seinen Mund und sein Wesen blieb unverändert liebenswert. Überall war es beliebt und gern gesehen.

Eines Tages hörte der König von ihm und ließ es zu sich rufen. Es war bekannt, dass der Königssohn trotz seines Standes und Reichtums traurigen Herzens war. Niemand konnte ihn zum Lachen bringen, niemals war er froh. Trotz hoher Belohnungen war es keinem gelungen, dem Prinzen auch nur ein Lächeln zu entlocken.

Der Vater war geehrt vom Rufe des Königs und drängte hastig zur Abreise. Er sah unverhofften Reichtum auf sich zukommen, denn der König war bekannt für seine Liebe zum Sohn und würde sich sicher großzügig zeigen.

Die Mutter war dagegen und sorgte sich sehr. Sie wollte ihre geliebte Tochter nicht von sich lassen.

Der Vater aber blieb unerbittlich.

Unentwegt schimpfte er und war gereizt. Er trieb sie zu immer schnellerem Gehen an, denn sie mussten ihre Reise zu Fuß bewältigen. Der Vater befürchtete, der König könnte sein Interesse an den Fähigkeiten seiner Tochter verlieren, wenn sie ihn zu lange warten ließen.

So ging sie bekümmert, aber klaglos ihren langen Weg.

Den vielen Menschen, denen sie auf ihrer Reise begegneten, wurde bei ihrem Anblick ganz traurig ums Herz. So schenkten sie ihr Brot und Blumen. Das Brot jedoch aß der Vater fast allein, die Blumen ließ er ihr.

Nach langem, beschwerlichem Fußmarsch gelangten sie endlich zum Schloss. Mittlerweile hielt das Mädchen so viele Blumen auf dem Arm, wie es gerade noch tragen konnte.

Als der König es zu sich rief, war er berührt vom Anblick des Mädchens und unterhielt sich mit ihm. Es erzählte ihm von sich und wie krank und allein gelassen seine Mutter zu Hause war. Da erbarmte sich der König und schickte gleich eine Kutsche, um die Mutter zu holen.

Der Vater aber wurde fortgeschickt, um ungeliebte Arbeiten im Ausland zu verrichten. Darüber freute das Mädchen sich so sehr, dass es anfing zu tanzen und zu lachen. Dabei verteilten sich die vielen Blumen um es herum – ein wunderschöner Anblick.

In diesem Moment kam der Prinz herein. Er ging auf das Mädchen zu und konnte seinen Blick nicht mehr abwenden, so bezaubernd sah es aus, tanzend in seinem Meer aus Blumen.

Dann fasste er es bei der Hand. Raum und Zeit verloren an Wichtigkeit. Ihre Blicke versanken ineinander, während sie tanzend über den marmornen Boden des Königspalastes schwebten. Sie wussten beide, es war Liebe.

Als der König dies sah, war er überglücklich. Denn endlich einmal sah er seinen Sohn lächeln.

Einmal in die Obhut des Königs gelangt, ging es der Mutter von Glück bald wieder besser. Kurze Zeit darauf heirateten der Prinz und das Mädchen namens Glück.

Darüber war das Volk sehr froh, denn es ahnte, dass nun schöne Zeiten vor ihm lagen.«

Als ich das Buch schloss und aufschaute, sah ich, dass meine beiden Töchter tief und fest schliefen. Ich ordnete ihre Bettdecken, löschte bis auf die Mini-Lampe, die in der Steckdose nahe der Zimmertür steckte, alle Lichter und ging hinaus.

Unschlüssig blieb ich vor der Kinderzimmertür stehen. Ich könnte es meinen Kindern gleichtun und ebenfalls früh zu Bett gehen, dort wartete ein Buch auf mich. Der Gedanke schien mir nicht besonders verheißungsvoll, denn bisher hatte es lediglich erfolgreich als Einschlafhilfe gedient. Nein, entschied ich mich und steuerte die Couch im Wohnzimmer an. Fernsehen wollte ich und hoffte auf einen guten Film. Der würde mich wohl eher fesseln, als der langweilige Schmöker es vermochte.

Ich kuschelte mich in eine Wolldecke, die Kira achtlos hatte liegen lassen und schaltete doch nicht den Fernseher ein. Ich lag einfach nur da und musste an das Ende des Märchens denken, das ich gerade meinen Töchtern vorgelesen hatte. Wie war das noch – das Volk freute sich auf die schönen Zeiten, die nun vor ihm lagen!

»Schöne Zeiten« murmelte ich vor mich hin – ich erinnerte mich noch genau an den einen Moment in meinem Leben, an dem ich fest davon überzeugt war, diese vor mir zu haben. Schöne Zeiten – dachte ich, das ist lange her! Ewig!!

So ewig und fern, dass ich gar nicht wusste, ob es gut war, sich zu erinnern. »Erlebnisse sind das Ergebnis der Vergangenheit«. Momentan wusste ich nicht, von wem ich diesen Ausspruch gehört hatte.

Mir fiel etwas ein. Ich stand auf und ging zu meinem Schreibtisch. Langsam öffnete ich die linke Tür, die den

Blick auf innen stehende Aktenordner verbarg und wühlte, bis ich sie endlich in den Händen hielt – meine Tagebücher!

Als ich vor acht Jahren erfuhr, dass ich ein Kind bekam, war diese Nachricht der letzte Eintrag in mein Tagebuch gewesen. Danach hatte ich die Bücher weit hinten im Schreibtisch verstaut und sie nie wieder hervorgeholt. Bis heute – heute wollte ich mich erinnern!

Mit den Büchern auf dem Arm, kehrte ich zur Couch zurück, zog die Wolldecke über mich, schlug die erste Seite auf und begann zu lesen:

1982 – Locarno

Es war Weihnachten und bitterkalt. In diesem Gebiet war man im Allgemeinen milderes Klima gewohnt, aber es störte mich kaum. Schnee bedeckte den Hausberg dieser Gegend, den Monte Cardada. Von seinem Gipfel hatte man einen atemberaubenden Blick auf den Lago Maggiore und die Städte, die an seinem Fuße im Laufe der Jahrhunderte entstanden waren. Mittlerweile war er bis auf halbe Höhe bebaut und bot vielen Menschen aus unterschiedlichsten Nationen und Schichten ein Domizil für die Ferien oder sogar auf Dauer. Wenn die Gipfel so viel Schnee trugen wie in diesem Winter, dann versprach die Skisaison erfolgreich zu werden. Und das in einer Region, die für den Sommer-Tourismus berühmt war. So schulterten viele erfreut ihre Skier und machten sich mit der Zahnradbahn auf den Weg zur Piste.

Diesen Winter verlebten meine Familie und ich die Feiertage zu Hause in Locarno. Auch meine Großmutter reiste aus Zürich an. Normalerweise verbrachten wir die Festtage in den Bergen. Genauer gesagt in Sankt Moritz, manchmal auch in Gstaadt, vorausgesetzt es gab dort genügend Schnee, denn wir waren alle begeisterte Skifahrer. In beiden Orten besaßen wir Häuser, die auf die Bedürfnisse der Familie zugeschnitten waren.

Vorerst aber bestand meine Mutter darauf, zu Hause zu bleiben. Meine Großmutter hatte gesundheitliche Probleme. Sie litt an einer Herzerkrankung und war vor kurzem erst operiert worden. Alles war gut verlaufen, aber die Höhenveränderungen, die solche Aufenthalte mit sich brachten, hätten ihrem Herzen womöglich zu schaffen gemacht. Außerdem glaubte meine Mutter fest daran, nur unser hiesiger Hausarzt verstünde meine Großmutter bei einem Notfall richtig zu behandeln. Für den heutigen Heiligen Abend war ein kleines Fest geplant, ganz im engsten Familienkreis und das waren meine Eltern, Granny, so nannte ich meine Großmutter, und ich. Es wurde ein schöner, ruhiger Abend. Sonst luden wir auch Freunde der Familie ein, es war immer viel Trubel. Tatsächlich gefiel mir der kleine Kreis viel besser.

Meine Großmutter machte mir stets tolle Geschenke. Zum letzten Weihnachtsfest hatte ich von ihr eine Staffelei und unglaublich viele Aquarellfarben erhalten. Voller Begeisterung ging ich ans Werk und besuchte sogar einen Malkurs, den ich zusätzlich von ihr bekommen hatte. In dieser Zeit machte ich merkliche Fortschritte. Ein besonders gelungenes Bild, zumindest in den Augen meiner Großmutter, zierte bald eine Wand in ihrem Schlafzimmer. In diesem Jahr jedoch bedachte sie mich mit drei wunderschönen, in dunkelblaues Leder gebundenen Tagebüchern. Auf die Einbände war mein Namenszug in feiner Goldschrift geprägt. Um sie später vor ungebetenen Blicken zu schützen, waren die etwa DIN A 4 großen Bücher seitlich mit kleinen Schlössern versehen, die ebenfalls goldfarbig glänzten. »Du wirst mindestens drei Bücher brauchen,« erklärte mir meine Großmutter lächelnd. Sie stellte sich die Inhalte folgendermaßen vor: »Das erste wirst du benötigen, um von den Kontakten zu berichten, die du in den nächsten Jahren knüpfen wirst. In dem zweiten werden diese verarbeitet und im dritten geht es nur darum, diese wieder zu lösen!«

Das sagte sie mir schmunzelnd hinter vorgehaltener Hand, denn meine Eltern hielten von derlei Aussagen nicht viel. Im nächsten Herbst würde ich siezehn Jahre alt und war voller Erwartung, ob meine Großmutter Recht behalten würde.

Meine Eltern beschenkten mich auch zu diesem Fest wie gewohnt. Das Präsent war teuer und vor allen Dingen den Freundinnen meiner Mutter gegenüber äußerst erwähnenswert. Einmal bekam ich von ihnen einen Tennisschläger, dessen Griff mit der Signatur einer bekannten Schweizer Tennisspielerin versehen war. Für manch einen ein tolles Geschenk. In meinem Fall jedoch mussten meine Eltern vergessen haben, dass ich schon seit zwei Jahren keinen Platz mehr betreten hatte und es auch nie wieder tun wollte.

Früher waren es schon mal Lackschühchen mit passender Handtasche gewesen, in meinen Augen gräßliche Geschenke. Ich wusste, meine Mutter würde nicht ruhen, bis ich sie endlich trug. Oder eine Puppenstube, ganz in Samt und Seide ausstaffiert. Die Puppen handgearbeitet und kostbar. Anfänglich spielte ich damit, nur die ständigen Ermahnungen meiner Mutter an die Sauberkeit meiner Hände ließen dieses ohnehin alberne Spielzeug für mich völlig uninteressant werden. Sobald ich auch nur eine Figur anfasste, rief sie: »Greta, du weißt ja, du sollst dir vor dem Spielen die Hände waschen!« Nein, das nahm mir jede Freude.

Waren ihre Freundinnen dann bei uns zu Besuch, kam es oft vor, dass ich gebeten wurde, diese »Objekte« vorzuführen und von ihnen bestaunen zu lassen. Mich haben diese »Spielchen« als kleines Mädchen sehr verwundert, obwohl ich sie meiner Mutter zuliebe eine Weile ertrug. Später, als ich älter und selbstbewusster wurde, habe ich mich schlichtweg geweigert sie mitzumachen.

Natürlich gab es auch bei uns Wunschzettel – meine Mutter brachte es nur selten über sich, Dinge zu kaufen, die nicht ihren Vorstellungen entsprachen. Dabei lag es nie am Geld, denn es ging uns sehr gut.

Die Tagebücher meiner Großmutter allerdings, versöhnten mich in diesem Jahr mit allem.

1983 – Locarno

Es war zu spät, unabänderlich. Jede Chance war vertan, ihnen zu erklären, was sie mir bedeuteten. Ihnen zu sagen, dass ich sie liebte. Sie waren tot. Meine Eltern waren tot. Seltsam fremd hörte sich das in meinen Ohren an. Noch nie war ich in meiner Familie dem Tod begegnet. Nichts ist endgültiger. Ich hatte keine Gelegenheit mehr, etwas zu tun, das meine Eltern und mich endlich einander näher bringen würde.

An jenem letzten Morgen hatten sie mich zum Frühstück gebeten. Mein Vater steckte seinen Kopf zur Zimmertür herein und rief aufmunternd: »Greta, komm, steh auf, das Frühstück ist fertig.«

Aber ich war müde, blieb mürrisch brummend liegen und pochte auf mein Recht samstags auszuschlafen: »Papa, die ganze Woche muss ich früh aufstehen, lass mich doch bitte ausschlafen, wenn ich zu Hause bin,« quengelte ich. »Mutti hat gestern gesagt, ihr hättet heute noch einen Termin in diesem Einkaufszentrum und an dem wollte ich eh' nicht teilnehmen. Dort ist es sicher wieder zum Gähnen langweilig. Nein, ich bleibe lieber im Bett.«

Mit enttäuschter Miene, aber ohne eine weiteres Wort an mich zu richten, verließ mein Vater den Raum und schloss die Zimmertür leise hinter sich. Ich spürte ein nervöses Kribbeln in der Magengegend, denn schlechtes Gewissen kroch in mir hoch. Mit einer heftigen Bewegung strich ich mir die langen braunen Haare aus dem Gesicht, die morgens wild in alle Himmelsrichtungen abstanden. Ich zögerte kurz und überlegte, ob ich nicht doch nach unten gehen sollte. Trotzig drehte ich mich auf die andere Seite und zog unzufrieden die Bettdecke bis an die Nasenspitze herauf. Minuten später war ich wieder eingeschlafen.

An diesem Morgen sah ich meinen Vater zum letzten Mal lebend. Später quälten mich furchtbare Selbstvorwürfe. Wäre ich doch bloß aufgestanden und zu ihnen hinunter gegangen. Hätte ich ihnen doch bloß beim Frühstück Gesellschaft geleistet. Ich war schuld, dass ... War ich schuld, dass ...?

In den vergangenen Wochen und Monaten hatten meine Eltern und ich uns nicht besonders gut verstanden, obwohl sie im Grunde genommen nie viel von mir verlangt hatten.
Manchmal hatte ich sie absichtlich gereizt und verletzt. Irgendwie wollte ich sie aus der Reserve locken. Sie sollten Gefühle zeigen, die laut und heftig waren, nicht nur leise, immer um Haltung bemüht. Obwohl ich sie wirklich liebte, nervte mich ihre, wie ich fand, oberflächliche Art. Manchmal glaubte ich zu spüren, was sie dachten, wenn ich wieder auf meine recht unverschämte Weise mit ihnen stritt. Das »Warum macht sie das nur« stand unausgesprochen im Raum. Ich erkannte es an ihren Blicken, wenn die Augen meiner Eltern sich trafen, anstatt auf mich zu reagieren.
Irgendwann mussten sie beschlossen haben, es nicht zu tun. Gekränkt hatte ich ihren Beschluss registriert, denn die fehlende Auseinandersetzung zwischen meinen Eltern und mir ließ mich irgendwie schuldig zurück.

Seit zwei Jahren besuchte ich ein Internat im Oberengadin und sah meine Eltern in der Regel nur an den Wochenenden und in den Ferien. Sie schulten mich auf meinen eigenen Wunsch dort ein. Meine beste Freundin Marielle ging schon seit geraumer Zeit in dasselbe Internat, weil ihre Eltern ständig in der Weltgeschichte herumjetteten. Ich war ein typischer Teenager und ich vermisste die täglichen Gespräche mit meiner vernünftigen und herzlichen Freundin mehr, als die mit meinen eigenen Eltern, mit denen ich mich ständig vor neuen Konflikten wiederfand.

Im Großen und Ganzen gefiel mir das Internatsleben gut. Wir hatten dort zahlreiche Möglichkeiten unsere Freizeit zu gestalten. Sport konnte man fast unbegrenzt ausüben. Sogar Reiten und Fechten gehörten zum vielseitigen Programm dieser Schule.

Mich für das Leben dort zu entscheiden, hieß auch, sich meinen Eltern und ihrer Fürsorge zu entziehen. Heute weiß ich, es war mein Versuch, sie aus der Reserve zu locken. Obwohl ich viele Jahre brauchte, um mein eigenes, gekränktes Tun zu erkennen, wollte ich wohl damals sehen, ob sie mich gehen ließen. Wochenlang diskutierten wir, ob die Entscheidung gut war und welches Internat das richtige für mich wäre. Aber nie sagten meine Eltern etwas, das klang wie:»Bleib doch bei uns, wir würden dich furchtbar vermissen.« Nachdem ich im Internat so viele positive Erfahrungen hatte sammeln können, bereute ich meinen Entschluss, dort hingegangen zu sein, nicht.

Trotzdem verfing ich mich ab und zu im Zwiespalt der Gefühle. Manchmal nagte es an mir, dass meine Eltern nicht den Wunsch äußerten, mehr Zeit mit mir zu verbringen. Mich beschlich die bedrückende Ahnung, sie würden mich vielleicht nicht genug lieben, um mich häufiger sehen zu wollen. Dann wieder, an anderen Tagen, redete ich mir gut zu, denn sie verfügten in der Tat über wenig Zeit.

Sie hatten beruflich wie auch gesellschaftlich viele Pflichten übernommen. Da war für mich nur ungenügend Platz. Trotzdem wusste ich, dass sie letztlich an mir hingen. Auch gaben sie mir immer das Gefühl, behütet zu sein. Nur eben wie ein wertvoller Schatz und nicht wie das geliebte Kind.

Abends rief mich meine Mutter häufig an, wenn ich im Internat war und erkundigte sich, ob ich etwas bräuchte. War dies der Fall, dann regelten und organisierten meine Eltern alles wie mit Zauberhänden.

Zu meiner Großmutter hingegen hatte ich ein ganz unkompliziertes, gutes Verhältnis. Ich hielt sie für eine tolle Frau. Für ihr Alter sah sie sehr attraktiv aus. Sie war schlank, groß gewachsen und genau wie meine Mutter achtete sie auf ein vollkommenes Äußeres. Trotzdem war sie ganz anders als meine Mutter und sprühte vor Esprit und Zuneigung mir gegenüber. Früher war sie oft bei uns gewesen und hatte die Lücken gefüllt, die meine Eltern hinterließen. Sie trocknete mir die Tränen, wenn ich als Kind weinte und sie war es, die mir Liebe schenkte.

Später reiste sie viel und wir sahen uns weniger regelmäßig. Als Ausgleich schickte sie liebevoll gepackte Pakete aus aller Herren Länder zu mir ins Internat. Sie enthielten all' die Dinge, die mein Magen und mein Herz begehrten. Zum Glück war ich gertenschlank und konnte nach Herzenslust essen, was ich wollte. Diese Veranlagung hat mir wohl mein Vater mitgegeben, denn meine Mutter hatte immer Probleme mit ihrer Figur, zumindest erwähnte sie diese ständig. Ich fand insgeheim, sie sah so gut aus wie Sophia Loren. Vielleicht eine Idee rundlicher, aber immer noch sehr schön. Ansonsten habe ich viel von ihr geerbt, denn meine Augen sind rehbraun und mandelförmig wie die ihren, meine Haare eine Nuance dunkler, dafür aber mit einem rötlichen Schimmer versehen.

Aber dann kam der Tag, der unser aller Leben verändern sollte. Ich hatte einige Tage schulfrei und war aus diesem Grunde zu Hause, als es mittags an unserer Haustür klingelte. Ich war allein, gerade mit dem Duschen und Abtrocknen fertig. Schnell schlüpfte ich in Jeans und Pullover, die ich mir vorher bereit gelegt hatte. Es stand eine Frau mittleren Alters vor der Tür, die sich als Polizistin zu erkennen gab und um Einlass bat. Ich führte sie ins Wohnzimmer und bot ihr einen Platz auf der Sitzgruppe an. Ehe ich fragen konnte, was sie von mir wollte, ergriff sie zögerlich das Wort: »Ihre Eltern …, Ihre Eltern sind heute einem Attentat zum Opfer gefallen. Es tut mir sehr Leid, Ihnen diese Nachricht bringen zu müssen. Wir sind sicher, sie haben nicht gelitten. Es ging alles wahnsinnig schnell, sie haben die Situation, in der sie sich befanden, nicht mehr erfassen können,« fügte sie eilig hinzu.

Ich saß reglos da und war innerlich selbst wie tot. Mein Mund, der wie zum Schrei geöffnet war, brachte keinen Ton heraus. Empfindungslos. Ich hielt meine Hände vor das Gesicht gepresst, wollte das alles nicht hören. Es konnte doch nicht wahr sein, dachte ich verzweifelt. Nach einigen Minuten beiderseitigen Schweigens gelang es mir, die Polizistin anzusehen. »Irren Sie sich nicht?« fragte ich sie und sprach ungläubig weiter: »Ich wusste heute morgen, sie würden bald wiederkommen, deshalb habe ich sie nicht begleitet. Jetzt sagen Sie mir, sie leben gar nicht mehr?« Ich stand ruckartig auf und rannte im Wohnzimmer meiner Eltern orientierungslos auf und ab, lief dann die Treppe hinauf direkt in mein Zimmer und schlug mit einem lauten Knall die Tür hinter mir zu.

Mich in meinem Bett zu verkriechen, das war mein Ziel. Es war der einzige Ort, der mir Schutz und Trost versprach. Auf dem Weg dorthin stieß ich mir den nackten rechten Fuß heftig am Holzbein meines Bettes, das wie eine Bärentatze gearbeitet war. Ein starker Schmerz ließ mich auf dem Boden zusammenkauern.

Ich weiß nicht mehr, wie lange ich dort lag, aber als ich aufstand, war keine Träne mehr in mir. Nur humpelnd konnte ich den Weg ins Bad meistern, das direkt von meinem Zimmer aus zu betreten war. Wahrscheinlich hatte ich mir den rechten, kleinen Zeh verknackst oder schlimmer, dachte ich, aber das war mir egal. Alles war unwichtig geworden, so schien es jedenfalls. Ich drehte den Wasserhahn auf und wusch lange mein glühendes Gesicht mit eiskaltem Wasser. Als ich wieder herunter kam, saß die Beamtin immer noch auf der Couch und wartete geduldig auf mich. Ich nahm neben ihr Platz, um zu hören, was sie mir noch zu sagen hatte. Während sie weiter von den tragischen Ereignissen berichtete, hielt sie tröstend meine Hände in den ihrigen.

Meine Eltern waren im Begriff gewesen, ein neues Shopping-Center einzuweihen. »In dem Moment, in dem Ihr Vater seine Rede beendet hatte und das Podium verließ, um dem Bürgermeister das Wort zu übergeben, passierte es. In dem Augenblick, als das Publikum heftig applaudierte, fielen mehrere Schüsse,« sagte die Beamtin, der ich anmerkte, wie sehr auch sie sich um Haltung bemühte. Es war unfassbar, dachte ich verzweifelt. Ich schaute die Polizistin an und fragte sie: »Sind noch mehr Menschen zu Schaden gekommen?« Sie räusperte sich und fuhr fort, mich über alles aufzuklären. »Ihre Eltern und ein junges Mädchen, das nur dort stand, um an umstehende Passanten gefüllte Sektgläser zu verteilen, sind tödlich getroffen worden. Der Bürgermeister wurde nicht verletzt, dafür aber zwei Männer des Sicherheitsdienstes.«
Es verging einige Zeit, bis ich das volle Ausmaß des Verbrechens begriffen hatte.

Der Mörder konnte unmittelbar nach der Tat festgenommen werden. Ohne sich zu wehren, ließ er es zu, dass ihm die Sicherheitsleute Handschellen anlegten. Über das Motiv für die Bluttat schwieg er sich aus. Die Polizei hielt ihn für einen geistesgestörten Amokläufer, der rein zufällig in das Geschehen geraten war.

Meine Großmutter holte mich noch am gleichen Abend von Zuhause ab. Gemeinsam fuhren wir nach Sankt Moritz, um einige Tage in unserem Ferienhaus zu verbringen. Wir wollten den Ort des Schreckens so schnell wie möglich verlassen.

Der Tod meiner Eltern hatte sie stark mitgenommen. Im Gegensatz zu früher sah man ihr nun die schwache Gesundheit an. Das machte mir Angst, denn ich wusste ja jetzt zu genau, wie grausam einem Menschen entrissen werden können. Einfach so.

Eine Woche später ging ich wieder ins Internat zurück, das ganz in der Nähe lag. Alle meinten, es sei so am besten. Die Schule würde mich auf andere Gedanken bringen. Es fiel mir schwer, die lachenden Mitschüler um mich herum zu ertragen. Viele schauten mich mit betretenen Mienen an, ohne mich anzusprechen. Sie brauchten wohl auch Zeit, um zu lernen, mit der Situation umzugehen.

Ich nahm mir vor, meine Großmutter zu überreden, mich wieder in Zürich aufzunehmen. Eines Abends rief ich sie an, um sie danach zu fragen. Sie riet mir jedoch dringend ab und sagte:» Greta, ich freue mich sehr über deinen Entschluss, bei mir leben zu wollen. Allerdings müsstest du hier eine neue Schule besuchen. Das halte ich so kurz vor dem Abitur für keine gute Idee. Halte doch noch die sechs Monate durch, du machst dir damit das Leben erheblich leichter.« Diese Entscheidung zu treffen, fiel meiner Großmutter hörbar schwer. Im Gegenzug schwor sie mir dann einen Moment später, nichts und niemand könnte sie daran hindern, mich persönlich aus dem Unterengadin abzuholen, wenn der Tag der bestandenen Prüfung gekommen wäre.

Als ich nach unserem Telefonat den Hörer zurück auf die Gabel legte, war ich trotz ihrer Absage zufriedener als vorher. Ich wusste, ihr Rat war vernünftig und ich wusste, dass sie mich liebte.

Als die Weihnachtsferien näherrückten, lud meine Großmutter mich nach Zürich ein. Dieser Aufforderung kam ich allzu gerne nach, denn Zürich war meine alte Heimat, in der ich die ersten Lebensjahre verbracht hatte. Heute aber hatte nur noch meine Großmutter dort ihren Lebensmittelpunkt. Sie empfand Zürich als Nabel der Welt und ich kann diese Sicht teilen. Auch war Zürich der ideale Ausgangspunkt für Reisen in jedes Land der Welt und kulturell hatte es Unglaubliches zu bieten.

Die Weihnachtszeit war jedoch nicht der einzige Grund für die Einladung von Granny. Der Termin der Testamentseröffnung stand bevor. Sie sollte bei dem langjährigen Freund und Rechtsbeistand unserer Familie, Johann Schumann, stattfinden. Obwohl mir dieser Termin ein Gräuel war, ging kein Weg daran vorbei.

In den Ferien setzte Granny alles daran, uns beiden eine unbeschwerte Zeit zu ermöglichen. Laufend unternahmen wir etwas. Wir gingen sogar ins Kino, was sie seit angeblich dreißig Jahren nicht mehr getan hatte. Wir schauten uns einen Horror-Film an, ganz stilecht mit einer Tüte Popcorn in der Hand. Grannys Tüte sah hinterher ziemlich zerknittert aus, so als hätte sie ihre Nägel voller Angst hineingekrallt.

Den nächsten Tag verlebten wir auf einer Beauty-Farm. Meine Großmutter scherzte, sie wolle sich die Falten des gestrigen Grauens aus dem Gesicht bügeln lassen. Diese Bemerkung war typisch für sie. Für mich war es der erste Besuch in einem »Schönheitstempel«. Von morgens bis abends wurde ich gebadet und gecremt. Mein Körper wurde komplett mit einer Algenpackung bestrichen. Dem nicht genug, wurde ich anschließend bis zum Hals in Folie eingewickelt. Ich bekam eine Pedikure, eine Maniküre und wurde zu guter Letzt von Kopf bis Fuß massiert. Es war wunderbar, nur ..., wieder zu Hause angekommen, betrachtete ich mich nackt im Spiegel meines Kleiderschrankes. Ich war blitzsauber. Ansonsten konnte ich keine positive Wirkung der Behandlungen feststellen. Aus jeder Pore strahlte mir Reinheit entgegen. Das war aber auch alles.

Zugegebenermaßen gab es aufgrund meines Alters nicht viel an mir auszusetzen. Mein Busen war immer noch an exakt dem gleichen Platz wie vorher. Die Delle in meinem Po, die auf Cellulite schließen ließ, war und blieb unverändert tief. Ich beschloss, vorerst das letzte Mal ein Kosmetik-Institut aufgesucht zu haben.

So oder ähnlich vergingen die Tage. Dann kam der Termin der Testamentseröffnung. Neben Herrn Schumann, der wie immer alle rechtlichen Belange unserer Familie betreute, wohnten ihr nur meine Großmutter und ich bei. Nachdem die Formalitäten erledigt waren, brach er das Siegel des Testaments und begann es vorzulesen. Ich hörte ihm zu, konnte aber trotz seiner ruhigen, gar sonoren Stimme nicht richtig folgen. Ich war nervös und hielt es nur mit Mühe auf meinem Stuhl aus. Kaum konnte ich dem Drang widerstehen hinauszulaufen. Zum wiederholten Male musste ich jetzt realisieren, dass ich meine Eltern nie wiedersehen würde. Meiner Großmutter zuliebe nahm ich mich zusammen. Mir entging nicht, wie sehr sie litt und sich um Haltung bemühte.

Plötzlich kam die Rede auf eine Verfügung. Ich riss mich zusammen und konzentrierte mich auf das, was unser Testamentsvollstrecker vorlas. Er sagte: »Mit Beginn des 25. Lebensjahres unserer Tochter soll die beiliegende Verfügung verlesen werden und in Kraft treten.«

Herr Schumann ließ das Testament einen Augenblick auf den Schreibtisch zurücksinken und erklärte mir, dass mein Vater allein diese Verfügung bestimmt hatte. Er verlangte, diese bis zum besagten Zeitpunkt ruhen zu lassen. Erst dann würde ich mein Erbe vollständig antreten dürfen.

Ich sah meine Großmutter an, die plötzlich wie erstarrt dasaß. Ihre silbergrauen Haare waren wie immer elegant zu einer korrekten Banane aufgesteckt. Trotz ihres Alters hatte sie ein schönes, klares Profil.

Sie stand auf, ging zielstrebig durch den Raum bis zum Fenster. Während sie scheinbar das Leben auf der Straße beobachtete, kehrte sie uns beiden den Rücken zu.

Ich merkte, dass sie beunruhigt war. Die Atmosphäre war gespannt. Alle schwiegen eine Weile, bis sie unvermutet heftig das Wort an mich richtete: »Wir hatten das einmal anders besprochen. Wie konnten deine Eltern nur! Greta, ich will dich nicht beunruhigen, denn ich weiß auch nichts Genaues. Aber vermutlich wird dir dieses Erbe einmal eher Last als Lust sein. Ich hatte gehofft, deine Eltern würden dich damit nicht behelligen,« fügte sie verärgert hinzu. Und dann, einen Augenblick später wieder leichthin: »Aber bis dahin fließt ja noch sieben Jahre lang Wasser den Fluss hinunter.« Es stimmte, dachte ich, denn ich war erst achtzehn.

Herr Schumann hatte geduldig das Ende des Ausbruches meiner Großmutter abgewartet und sprach beschwichtigend auf sie ein: »Frau Dumas, beruhigen Sie sich bitte. Wir wollen Ihre Enkelin doch nicht verunsichern, oder? Mit ihrem Erbe ist absolut alles in Ordnung.« Während er dies sagte, schaute er mich forschend an. Ich erwiderte nichts, denn in diesem Moment drehte Granny sich in unsere Richtung und kehrte an ihren Platz zurück. Dabei strich sie sanft über meine Schulter und erklärte mir fast beiläufig, sie habe schon im Vorfeld auf ihren Erbanspruch zu meinen Gunsten verzichtet, den sie zweifellos als Mutter meiner Mutter innegehabt hätte: »Ich brauche keine weiteren finanziellen Mittel und möchte, dass du über ein ungeschmälertes Erbe verfügen kannst.«

Diese Entscheidung war natürlich sehr großzügig. Richtig schätzen konnte ich sie in dem Moment jedoch nicht, zu sehr überschattete mich diese seltsame Verfügung meiner Eltern. Bedrohlich, ja, so empfand ich sie. Da war etwas, das ich nicht verstand und auf das ich noch Jahre warten sollte. Warum hatten meine Eltern so ein Geheimnis daraus gemacht? Warum sollte ich gewisse Dinge erst mit 25 Jahren erfahren, und wieso hatte sich meine Großmutter gerade so merkwürdig verhalten?

Wie im Kino, liefen vor meinem inneren Auge Bilder ab, die sich nahtlos zu einem Film aneinander reihten. In meiner Fantasie erhielt ich als Erbschaftsauflage die Verpflichtung, Betriebswirtschaft zu studieren, damit ich die Geschäfte meines Vaters weiterführen konnte. Ich sah mich als gestresste Geschäftsführerin eine Rede vor den leitenden Angestellten halten. Es hörte mir jedoch niemand zu. Meine Mitarbeiter feilten sich die Nägel, telefonierten oder spielten Back-Gammon. Es war ein einziger Alptraum.

Ich rieb mir die Augen, weil er so echt schien und tat diese Vorstellung schnell als Hirngespinst ab.

Um einen solchen Wunsch zu verwirklichen, müsste ich schon früh mit dem Studium beginnen, nicht erst mit fünfundzwanzig. Denn wenn ich eine derartige Position souverän meistern wollte, müsste ich über eine gehörige Portion kaufmännisches Geschick verfügen, damit die eben »abgespulte« Sequenz nicht real würde.

Nein, dachte ich mir, diesen Wunsch haben meine Eltern bezüglich meiner Berufswahl sicher nicht gehegt, das konnte es nicht sein.

Bevor mein angespanntes Nervenkostüm weiter seine Fäden spannen konnte, wischte ich mit einer Handbewegung alle wirren Gedanken beiseite und ermahnte mich selber, wieder zurück auf die Erde zu kommen.

Bei nächster Gelegenheit würde ich Granny zu der Verfügung befragen. Vielleicht wusste sie ja doch mehr. In ein paar Tagen, wenn es ihr und mir besser ging, erfuhr ich womöglich Genaueres.

Ich beschloss, an andere Dinge zu denken. Herr Schumann würde das nicht unerhebliche Vermögen verwalten, das meine Eltern mir vererbt hatten, bis ich selber dazu in der Lage war. Zu diesem Vermögen gehörte eine Schiffswerft am Lago Maggiore, im italienischen Teil des Sees gelegen. Dort wurden Luxusjachten bis zu 60 Fuß Länge hergestellt.

Sie waren das absolute Steckenpferd meines Vaters. Wenn ich in den Ferien bei meinen Eltern war, fuhr mein Vater oft mit mir dorthin. Zusammen mit ihm in einem seiner Boote über den Lago zu sausen, war für mich das Größte, besonders, wenn ich das Steuer übernehmen durfte. Ich teilte die Leidenschaft meines Vaters, wenn es um die Boote ging. Das verband uns, zumindest für die Zeit der Ferien.

Mit 16 Jahren machte ich den Sportboot-Führerschein. Im Gegensatz zu meinem Vater gefiel dies meiner Mutter überhaupt nicht. Jetzt fragte ich mich, was mir eines Tages die Befähigung geben sollte, ein Unternehmen dieser Art zu führen. Ein Boot steuern zu können, reichte dazu sicherlich nicht aus. Auch meine Eltern hatten diese Frage wohl eher skeptisch beurteilt und deshalb nicht unbeantwortet gelassen. Meine Geschäfte würde ich erst mit 25 Jahren eigenverantwortlich führen dürfen. Fünfundzwanzig, die magische Zahl!

Auf der Fahrt zum Internat beschloss ich, mich gedanklich wieder mehr mit den Dingen des täglichen Lebens zu beschäftigen. Es hatte mir nicht gut getan, ausschließlich über den Tod meiner Eltern, mein Erbe und die anhängige Verfügung nachzugrübeln. Bald würde mich der Alltag in der Schule zwingen, mein gewohntes Leben wieder aufzunehmen.

Ich saß im Auto meiner Großmutter und wurde von ihrem Chauffeur zurück ins Engadin gebracht. Er arbeitete schon seit Jahrzehnten für sie. Ich wusste, er besaß ihr absolutes Vertrauen und fühlte mich in seiner Gesellschaft wohl. Allerdings kam auch er langsam in die Jahre und würde bald in den Ruhestand gehen. Meiner Großmutter würde er fehlen.

Alle nannten ihn Clyde, nach dem Gaunerpaar Bonnie & Clyde. Als junger Mann musste er wie der Gangster ausgesehen haben. Tatsächlich hieß er Hans-Dieter Wetter und war gebürtig aus Deutschland, das er nach dem Krieg verließ, um in die Schweiz überzusiedeln. Er hatte hier Verwandte, die ihn aufnahmen und ihm Hoffnungen machten, in seinem Beruf als KFZ-Mechaniker eine Anstellung zu finden. In Deutschland sah er damals keine Perspektive für sich, denn in seiner Heimatstadt Dresden lag kein Stein mehr auf dem anderen.

Durch einen Zufall lernten meine Großmutter und er sich kennen. Er jobbte für die Fahrschule, in der sie Fahrstunden nahm und hielt dort die Fahrzeuge in Schuss. Über mangelnde Arbeit konnte er sich nicht beklagen, denn allein Granny hatte es in vier Fahrstunden zweimal nicht geschafft, ihr Lehrauto unversehrt zurückzubringen. Selbst dann nicht, als sie das Fahrzeug nach dem Unterricht in die eigene kleine Schulwerkstatt fahren sollte. Erst eine

Stunde zuvor hatte sie beim rückwärts Einparken einen Laternenpfahl umgefahren und konnte das Auto nicht in die Werkstatt lenken, ohne dass ihr ein weiteres Malheur passierte. Irgendwie rutschte sie beim Hereinfahren vom Gaspedal, der Wagen machte einen Satz, fuhr gegen die Hebebühne und streifte Clydes Fuß. Da war das Geschrei natürlich groß. Der Fahrlehrer stieg hysterisch brüllend aus und rannte blindwütig in sein Büro. Allerdings nicht ohne Granny vorher schreiend wissen zu lassen: »Das eine sage ich Ihnen, das hat Konsequenzen für Sie. Den Führerschein kriegen Sie nicht. Von niemandem, dafür werde ich sorgen. Von niiiiiiiemandem, da kann Ihr alter Herr noch so viel Geld locker machen!«, schüttelte wütend die Faust und warf seine Bürotür mit einem lautem Knall hinter sich zu.

Clyde half meiner ziemlich irritierten Großmutter grinsend aus dem Auto, setzte sie auf einen Stuhl und drückte ihr das Bier in die Hand, das er sich gerade selber genehmigen wollte. Er empfahl ihr erst auszutrinken, bevor sie sich das Leben nehmen würde. Sie war nicht beleidigt, sondern schaute ihn neugierig an und fragte ihn, ob er gut Auto fahren könne? Allerdings ohne vorher Bier getrunken zu haben, bemerkte sie skeptisch.

So kam Clyde zu unserer Familie. Granny hatte tatsächlich nie wieder versucht, den Führerschein zu machen. Das fand ich kurios, denn sonst war sie Herrin jeder Lebenslage, so erschien es mir jedenfalls, und ließ sich ungern das Zepter aus der Hand nehmen. Aber vor dem Auto musste sie kapitulieren.

Als Kind bettelte ich sie immer wieder an, mir diese Geschichte zu erzählen. Ich hatte die Vorstellung einfach zu lustig gefunden, wie Granny ihrem Fahrlehrer den letzten Nerv raubte. Als ich älter wurde, fragte ich sie einmal, ob es auch eine Romanze zwischen Clyde und ihr gegeben hätte, aber das verneinte sie rigoros. Nur wahre Freundschaft, so betonte sie, habe sie verbunden.

In Erinnerung an ihre Worte lächelte ich ungläubig in mich hinein und kuschelte mich in die Wagensitze.

Die Umgebung, die sich laufend veränderte, faszinierte mich jedes Mal, obwohl sie mir in großen Strecken schon sehr vertraut war.

Die Fahrt in Richtung Hochgebirge war reizvoll. Fast jede Biegung kannte ich, die wir auf dem Weg über den Julierpaß durchfuhren. Da, gleich nach der nächsten Kurve, würde Bivio in Sicht kommen. Gut konnte man vom Ortseingang aus die Skiliftanlagen erkennen. Die asphaltierte Straße schlängelte sich weiter serpentinartig durch die karge Landschaft, in der nur spärlich Gras und Bäume wuchsen. Dann zog sie sich plötzlich schnurgerade durch eine Schlucht, in der beängstigend nahe kantige Felsen in die Strasse ragten und die volle Aufmerksamkeit des Fahrers beanspruchten, um einen Zusammenstoß zu vermeiden.

Eine halbe Stunde noch, dann würden wir in St. Moritz sein und nach weiteren zwanzig Minuten im Internat. Während der Fahrt brachten wir an die eintausendfünfhundert Höhenmeter hinter uns. Jetzt freute ich mich auf meine Freunde und auf mein Zimmer, das mir ein Mindestmaß an Geborgenheit versprach. Die dunklen Wolken, die sich bedrohlich am geistigen Horizont aufgetürmt hatten, drängte ich resolut beiseite.

Ich sah sie sofort, als ich mein Zimmer betrat. Sie lag auf meinem mit weißer Wäsche bezogenen Bett. Mitten auf dem Kopfkissen. Eine rote Rose, fast voll erblüht. Ich nahm sie auf, um sie mir genauer anzuschauen, denn an ihrem Ende war etwas befestigt. Ein feiner Golddraht war säuberlich spiralförmig um das Stielende gewickelt. Vielleicht an die zwanzig Mal. Der Stiel der Rose war außerdem stark gekürzt. Einen Reim konnte ich mir nicht darauf machen, denn so etwas hatte ich noch nie gesehen.

Ich teilte das Zimmer mit Marielle, zu der ich ein sehr freundschaftliches Verhältnis hatte. Als sie später den Raum betrat, fragte ich sie nach dem Überbringer der Rose: «Hi, Marielle, wie geht es meiner Lieblings-Zimmergenossin?»

Sie kam auf mich zu und umarmte mich schwesterlich. »Gut, du Ausreißerin, jetzt noch besser, weil du wieder hier bist.«

Ich freute mich, so nett von ihr begrüßt zu werden: »Jetzt bin ich aber auch happy, wieder hier zu sein. Ach – weißt du, wer mir die auf mein Bett gelegt hat?« Dabei hob ich die Hand, in der ich die Rose hielt.

Marielle lächelte, schüttelte den Kopf und sagte: «Hmm, keinen blassen Schimmer, wem du wieder den Kopf verdreht hast. Auf jeden Fall hat er Geschmack bewiesen.« Marielle zog übertrieben die Stirn kraus und tat so, als denke sie angestrengt über den möglichen Verehrer nach. Darüber musste ich kichern, denn mir fiel beim besten Willen keiner ein. Die Rose gefiel mir nicht, deshalb stellte ich sie nicht ins Wasser, sondern legte sie achtlos auf der Fensterbank ab, auf der sie dann verwelkte.

1984 – St. Moritz

In den Monaten, die mich zum Abitur bringen sollten, ging es mir relativ gut. Es war eine ruhige Zeit, in der ich versuchte, mein Leben zu ordnen und ansonsten an nicht allzu viel zu denken. Bis dann Herr Schumann mich eines Abends telefonisch aus meiner sorgsam aufgebauten Ruhe riss.

Wir sprachen über den Mörder meiner Eltern, über den er Neues zu berichten wusste: »Greta, er ist definitiv als geistesgestört und gefährlich eingestuft worden. Unmittelbar nach der Gerichtsverhandlung wurde er in Sicherheitsverwahrung genommen, aus der er nie wieder entlassen wird. Auch wenn es dich nicht trösten kann, sollst du wissen, dass er dir niemals etwas antun kann. Du kannst dich sicher fühlen. Es ist vorbei.

Du musst jetzt dein eigenes Leben aufbauen, musst an dich und deine berufliche Zukunft denken«, beschwor er mich. Ich versprach es ihm und hängte nachdenklich den Hörer in die Gabel.

Über den Tod meiner Eltern konnte ich noch immer nicht gut sprechen. Zurück in meinem Zimmer, setzte ich mich an den Schreibtisch und zog das Buch zu mir heran, von dem mich der Anruf weggelockt hatte. Ich lernte gerne, in den meisten Fächern fiel es mir leicht. Außerdem lenkte es meine Gedanken auf erträgliche Pfade. Bei meinen Mitschülern war ich beliebt, auch wenn es darum ging Nachhilfe zu erteilen. Das tat ich wirklich mit Vergnügen, mir tat der Kontakt zu anderen gut.

So verging die Zeit ziemlich schnell. Als ich dann mein Abiturzeugnis in den Händen hielt, war ich überglücklich. Guten Mutes schaute ich in die Zukunft. Ich konnte es kaum erwarten, mich an der Uni einzuschreiben und ein neues, ereignisreiches Leben zu beginnen. Ich wollte Kunstgeschichte studieren und hatte die feste Absicht, Auktionatorin in Londons berühmtestem Auktionshaus zu werden.

Meine Großmutter hielt Wort und kam mit Clyde, um mich aus dem Internat abzuholen. Nachdem wir das Gepäck im Auto verstaut hatten, lief ich ein letztes Mal in mein Zimmer. Ich wollte nichts versehentlich liegen lassen.

Deshalb öffnete ich alle Schubladen, forschte sogar unter meinem Bett nach vergessen Dingen. Nein, ich hatte ordentlich gepackt, dachte ich. Beim Verlassen des Zimmers warf ich einen letzten, eiligen Blick in meinen Kleiderschrank und blieb wie angewurzelt stehen.

Unten, auf dem Boden des Schrankes, lag sie wieder. Nein, nicht dieselbe, aber sie sah genau so aus. Eine rote Rose, deren Stielende mit feinem Golddraht umwickelt war. Mir widerstrebte es, sie aufzuheben, so ließ ich sie kurzerhand liegen. Ich schloss den Schrank und verließ endgültig das Zimmer.

1985 – Zürich

Die nächsten Jahre verlebte ich bei meiner Großmutter. Ihr trockener Humor wirkte bei mir Wunder. Sie war eine außergewöhnliche Frau mit viel Esprit. Sie hatte ihr Leben und die Terminfülle ihres Kalenders fest im Griff. Zudem war sie spontan und für so manche gemeinsame Unternehmung offen. Ohne große Anstrengung war ich plötzlich ein Teil dessen, was ihr Leben ausmachte. Mir gefiel das alles sehr, sehr gut.

Nur manchmal schreckte ich aus meinem recht angenehmen Leben auf. Immer dann, wenn sie mir wieder begegnete. Die rote Rose.

So stieß ich eines Tages unvermutet im Waschbecken meines Bades auf sie. Ein anderes Mal erwartete mich ein Exemplar in dem Abteil des Zuges, in dem ich einen Sitzplatz reserviert hatte. Ich traf auf sie an Orten, von denen außer mir nur wenige Menschen wussten, dass ich sie aufsuchen würde. Warum ich niemandem davon erzählte, konnte ich mir damals selbst nicht erklären. Vermutlich wollte ich meine Großmutter nicht unnötig beunruhigen. Mir gefielen diese seltsamen Rosen nicht, sah mich aber außerstande etwas gegen sie zu tun. Also beschloss ich sie zu ignorieren. Ich erklärte sie sozusagen für nicht existent.

1987 – England

Mit meinem Studium ließ ich mir Zeit. Nach dem Grundstudium ging ich für sechs Monate nach England, um bei Sotheby's ein Praktikum zu absolvieren. Die Arbeit in diesem bekannten Auktionshaus, so hoffte ich, würde auch meinen Sprachkenntnissen den letzten Schliff geben. Ich erlebte diese Zeit als unglaublich spannend.

In einer kleinen Pension, ganz in der Nähe von Sotheby's, fand ich ein Zimmer. Dort einer der Gäste zu sein, war schon ein Abenteuer für sich. In den insgesamt acht Zimmern, die alle dauervermietet waren, wohnten ganz unterschiedliche Leute.

Drei von ihnen waren Studenten wie ich, allerdings allesamt angehende Künstler. Ein Mediziner, der sich auf Pathologie spezialisiert hatte, bewohnte den Raum, der gleich gegenüber meinem lag. »Nur übergangsweise«, betonte er einmal während eines Gespräches. Er hatte etwas Unheimliches an sich, das ich nicht näher erklären konnte. Aber es irritierte mich, wie er seine Hände ineinander rieb, während er sich mit mir unterhielt.

Ansonsten bewohnten noch ein Müllmann und zwei ältere Damen das Hause, die unschwer als Schwestern zu erkennen waren. Sie kamen aus Amerika und waren während einer Sightseeing-Tour durch Europa in London hängen geblieben. Das kulturelle Angebot und die vielen geschichtsträchtigen Gemäuer hatten sie überwältigt. Jeden Tag besprachen sie aufs Neue, welche Tour sie unternehmen wollten. Eines Morgens, wir verließen gerade gemeinsam das Haus, fragte ich beide, wann sie wieder in die Staaten zurückkehren wollten. Sie antworteten fast einstimmig überrascht: »Zurückkehren? Dafür fehlt uns die Zeit. Hier gibt es noch unendlich vieles zu entdecken.« Sie hakten sich unter und gingen mit flotten Schritten in Richtung Bushaltestelle.

Mein Zimmer war klein aber gemütlich. Das Beste daran war ein großer Tisch, auf dem ich meine Bücher ausgebreitet liegen lassen konnte. Kunstgeschichte faszinierte mich. Vor allem die Arbeit mit Antiquitäten, deren Alter und Wert noch nicht bestimmt und eingeschätzt waren, nahm mich gefangen. Bilder und andere Kunstgegenstände, die jahrzehnte- oder auch einmal jahrhundertelang auf einem Dachboden oder in einem Keller abgelegt und vergessen worden waren und nun aufwändig restauriert werden mussten.

Aber bei aller Begeisterung lernte ich schnell, Kunstobjekte möglichst sachlich zu betrachten. So manches Objekt entpuppte sich leider als Fälschung.

Eine Fälschung allerdings sollte mir noch großen Kummer bereiten. Nur brauchte ich zunächst Zeit, um sie als solche zu erkennen.

Gerade zwei Wochen in London, traf ich meine erste große Liebe. Sie riss mich in einen Strudel aufwühlender Gefühle. »Very handsome«, sagte meine Kollegin Stefanie über ihn, wenn wir ihn trafen. Und das taten wir oft.

Fast in jeder Mittagspause gingen wir in das Bistro, in dem er als Koch arbeitete. Nicht weil er so gut kochte, sondern weil er so schön war. Und auch wieder nicht.

Er war der Typ mediterraner Adonis. Mit einer Spur zu langer Haare und einem irrsinnig verführerischen Lächeln. Zumindest von links gesehen. Auf der rechten Gesichtshälfte verunstaltete eine ziemlich hässliche, fünf

Zentimeter lange Narbe seine untere Wangenpartie. Sie zog sich in einem kühnen Schwung vom Mundwinkel abwärts Richtung Kinn. Sie machte diesen äußerlich vollkommenen Mann eine Spur menschlicher. Vielleicht sogar ansprechbarer, dachte ich eines Tages in einer für mich verwegenen Anwandlung von Mut.

Ich ließ meinen Blick durch das Bistro schweifen. Es war der Clou in diesem Restaurant, die Arbeit der Köche beobachten zu können, denn es wurde im Gastraum gekocht. Automatisch blieb mein Blick an ihm hängen. Wir mutmaßten gerade einmal wieder, wie er zu solch einer schlimmen Narbe gekommen war. Uns kamen die abenteuerlichsten Ideen in den Sinn. Wir führten uns auf wie zwei pubertierende Girlies.

Plötzlich fühlten wir uns ertappt, denn er kam böse guckend, in der Hand ein Geschirrtuch schwenkend, auf uns zu. Mir fiel vor Schreck der Löffel in die Suppe und ich sah ihm gebannt entgegen. Ich bemerkte gar nicht, dass dabei ein Teil der Suppe auf meine Hose schwappte.

Mit unbewegter Miene sprach er mich an: «Entschuldigen Sie bitte, ich glaube, ich kann Ihnen behilflich sein!»

Ehe ich reagieren konnte, tupfte er geschickt die Zerealien der Suppe von meiner Hose. Dabei schaute er mir so tief in die Augen, dass ich äußerlich erstarrte und innerlich dahinschmolz. Meine Kollegin rettete mich glücklicherweise aus dieser Situation.

Sie behauptete keck: «Aus diesem Grunde essen wir hier so gerne – der Service ist einmalig bei Ihnen, nicht war Greta? Wirklich einmalig. Darüber haben wir uns übrigens gerade unterhalten, als Sie kamen.»

Mittlerweile hatte ich mich wieder gefangen und bedankte mich auf das Vollendetste. Um dem Gesagten Nachdruck zu verleihen, schaute ich ihm verführerisch tief in die Augen.

Das hätte ich besser nicht getan, denn auf seinen Blick war ich nicht gefasst. Er traf mich wie ein Blitz und löste einen Sturm der Gefühle aus. Ich bemerkte den verwunderten Blick meiner Kollegin, während ich mich vom Stuhl erhob. Etwas benommen bat ich sie, für mich mit zu bezahlen und ging leicht schwankend hinaus.

»Komm Greta«, befahl ich mir selber, »Contenance und lächeln.« Draußen musste ich mich erst einmal auf eine nahe stehende Bank setzen.

Einen Moment später kam Stefanie angelaufen und streckte mir fröhlich zwei Karten entgegen: »Greta, heute Abend um zwanzig Uhr gehen wir beide zu einer Veranstaltung. Wir sind zu dieser irren Neueröffnung eingeladen.«

Ich fragte möglichst desinteressiert: »Eingeladen – von wem?«

Stefanie hielt mir ungeduldig die Karten unter die Nase: »Ja, von deinem Koch natürlich. Es ist etwas ganz Neues. Ein Restaurant mit integrierter Galerie wird heute eröffnet, und wir sind mit dabei!«

Ich schaute sie überrascht an: »Stefanie, du meinst – du willst da etwa hingehen?« Sie schüttelte verständnislos den Kopf: »Ja, natürlich gehen wir dahin. Endlich ist mal was los!«

Ich zögerte einen Augenblick und dachte, es sei am besten, mir eine Ausrede einfallen zu lassen. Das würde auf weniger Gegenwehr stoßen, als ein klares Nein: »Geht leider nicht, weil ich heute schon verabredet bin.«

Stefanie reagierte ärgerlich: »Glaub nur nicht, ich würde dir eine deiner Ausreden abnehmen. Wir sind eingeladen. Basta! Du und ich gehen dahin und zwar möglichst schick.«

Verblüfft schaute ich hinter Stefanie her, die wortlos auf dem Absatz kehrt gemacht hatte und in Richtung Büro davoneilte.

Stefanie hatte sich durchgesetzt. Wir gingen an diesem Abend zu der Eröffnung. Insgeheim war ich froh. Ich wollte mich nur »offiziell« ein wenig zieren. So konnte ich hinterher behaupten sie sei schuld, wenn sich irgendwelche Verwicklungen ergaben. Und es ergaben sich Verwicklungen.

Aber ich beschuldigte niemanden. Nur mich selbst vielleicht, weil ich mich in Leon verliebte. Der Name passte zu ihm. Er war bezeichnend für die Liebe, die ich mit ihm erlebte. Es war eine stürmische Verliebtheit, keine glückliche oder zufrieden stellende. Nach einigen Monaten stellte sich heraus, dass Leon verheiratet war. Als ich ihm seinen Betrug vorwarf, blieb er ganz ruhig und schlug mir vor, sich von seiner Frau zu trennen.

Aber so wollte ich ihn nicht: «Du hast mich und deine Frau angelogen und betrogen. Was hast du dir dabei gedacht? Du bist der typische Vertreter der ganz miesen Sorte Mann. Herr Seitensprung. Deine Frau ist zu bemitleiden. Los, raus …,« platzte es unbeherrscht aus mir heraus.

Er schaute mich hochmütig an und erwiderte: «Was meinst du damit? Drohst du mir mich zu verlassen? Das solltest du dir gut überlegen. Warum müsst ihr Frauen solche Dinge immer dramatisieren?»

Ich konnte es kaum fassen: «Dramatisieren? Dich möchte ich nie wieder sehen. Für mich bist du passé!»

Empört riss ich meine Zimmertür auf, warf seine Jacke in den Hausflur, drängte ihn trotz seines Protestes hinaus. Die Tür schlug ich laut krachend ins Schloss. Demonstrativ drehte ich hörbar den Türschlüssel um. Auf Rache sinnend beschloss ich, ihn nie wieder in mein Leben zu lassen.

Der Strauß roter Baccara-Rosen, die er mir noch am glei-

chen Abend zukommen ließ, konnte mich nicht mehr um-
stimmen. Wie konnte er auch ahnen, dass mir gerade rote
Rosen seit der Internatszeit eher Unbehagen bereiteten. Ich
warf sie ohne Bedauern in die Mülltonne. Meine Liebe zu
ihm warf ich gleich hinterher.

Zum Glück ging meine Praktikanten-Zeit ihrem Ende
zu. So verbrachte ich die letzten Tage damit, Koffer zu packen und mich von meinen neu gewonnenen Freunden zu
verabschieden. Obwohl das Leben hier sehr turbulent war,
fiel der Abschied mir nicht sonderlich schwer. Im Grunde
war ich sogar froh, in das behagliche Leben an der Seite
meiner Großmutter zurückzukehren. Ich war mir sicher,
dort würde ich Leon am ehesten vergessen. Wie sollte ich
ahnen, dass der nächste Schicksalsschlag schon auf mich
wartete.

Granny hatte mit allen Mitteln versucht, ihren wirklichen
Gesundheitszustand zu bagatellisieren. Nur damit ich
meine Zeit in London ungetrübt verbringen konnte. Als
ich dann zurückgekehrt war, konnte sie mir nicht länger
verheimlichen, wie schlecht es ihr oft ging.

Sicherlich, ich wusste, sie hatte schon seit geraumer Zeit
gesundheitliche Probleme, vor allem mit dem Herzen. Jetzt
kam aber hinzu, dass sie recht zerstreut wirkte und viele
Dinge vergaß. Das war sonst gar nicht ihre Art, sie, die
immer alles im Griff hatte.

Was mir besonders auffiel, war die Tatsache, dass sie
häufig Dinge nicht mehr spontan beim Namen nennen
konnte. Ihr fehlten manchmal Wörter und sie fing an, diese
zu umschreiben. Gelang ihr das nicht sofort, war sie recht
ungehalten über sich, oder sogar über mich, weil ich sie
nicht sofort erriet. Das verunsicherte sie stark.

Noch während meines Praktikums schlug sie vor, sich
eine Betreuerin in Haus zu holen: »Greta, nur damit du
beweglich bleibst. Wenn du wieder hier bist, möchte ich,

dass du dein Studium in Ruhe beenden kannst. Mit deinen Freunden sollst du dich auch mal verabreden können. Auf keinen Fall will ich, dass du mit wehenden Haaren den Hörsaal verlässt, nur um zu deiner alten Großmutter zu kommen. Nein, die Einstellung ist beschlossene Sache,« sagte sie resolut zu mir.

Gesagt, getan. Zum Glück konnten wir auf eine Empfehlung Herrn Schumanns zurückgreifen und brauchten nicht lange zu suchen. Die Betreuerin hieß Erika und hatte eine erfrischend unterhaltsame Art, die sich gut mit der meiner Großmutter vertrug. Sie bezog ein Zimmer im Haus und fügte sich schnell in ihr Leben ein. Sie war ausgesprochen tüchtig und wurde schon nach kurzer Zeit unentbehrlich für Granny. Ihre Kenntnisse über Altersbeschwerden gaben den Anstoß zu weiteren Untersuchungen.

Die erschreckende Diagnose lautete schließlich: Alzheimer. Granny musste regelmäßig Medikamente einnehmen, die den Krankheitsverlauf verlangsamen sollten. Erst als ich aus England zurück war, erfuhr ich die ganze Wahrheit.

Ich teilte meine Zeit nun zwischen meiner Großmutter und der Uni so gut es ging auf. Ganz allmählich lernten sie und ich, mit dieser Krankheit zu leben und umzugehen.

1990 – Zürich

Merkwürdigerweise fielen mein Abschluss an der Uni und
der Termin für die noch zu eröffnende Verfügung in die
gleiche Woche. Zwei Tage nach Beendigung meines Studiums hatte ich Geburtstag. Ich wurde 25. Noch an meinem
Geburtstag bat Herr Schumann mich zu sich in seine Kanzlei. Er schlug vor, dass ich ohne meine Großmutter kommen
sollte. Es fiel ihr schwer, sich längere Zeit zu konzentrieren
und sie brachte schnell Fakten durcheinander. Ich wollte sie
keinesfalls aufregen und ging deshalb allein dorthin.

Herr Schumann begrüßte mich sehr herzlich, was mir mein
Erscheinen bei ihm leichter machte. Seit dem Tage der Testamentseröffnung, die ja mittlerweile schon sieben Jahre zu-
rücklag, hatte ich oft über die bevorstehende Verfügung meiner Eltern nachgedacht. Ich fragte mich immer wieder, was
sie damit bezweckten. Gab es in unserer Familie ein Geheimnis? Ohne weiteres konnte ich mir das nicht vorstellen, denn
meine Eltern hatten ein Leben geführt, das sich weitgehend
unter den Augen der Öffentlichkeit abspielte. Skandale konnten sie sich nicht erlauben. Ein nervöses Kribbeln machte sich
in meinem Magen breit. Ich konnte es kaum noch erwarten,
dass Herr Schumann das Geheimnis lüften würde.

Er führte mich in sein Büro und bot mir einen Platz
vor seinem Schreibtisch an. Ich schaute mich um und war
überrascht, dass sich hier nichts verändert hatte. Sieben
Jahre war ich nicht mehr hier gewesen. Die meisten Dinge
erledigten wir telefonisch. Gab es etwas zu unterschreiben,
ließ er es sich nicht nehmen, dies mit einer Tasse Kaffee bei
uns in Zürich zu verbinden.

Mein Blick blieb an einem Umschlag hängen, dessen Siegel unschwer als das meines Vaters zu erkennen war. Er lag ungeöffnet auf Herrn Schumanns Schreibtisch. Mein Vater bediente sich gerne in Vergessenheit geratener Methoden, um so Menschen zu überraschen oder zu verblüffen.

Herr Schumann nahm den Umschlag auf und brach das dicke Siegel. Er zog mehrere Schriftstücke heraus, die er vor sich ausbreitete. Er erklärte mir, unter den Papieren würde sich ein Brief meines Vaters an mich befinden. Den wollte er mir als Erstes vorlesen.

»Liebste Greta,
nie weiß man, wann man gehen muss. Wann das Schicksal den Zeitpunkt bestimmen wird, an dem unsere Familie nicht mehr die Einheit bildet, die sie einmal ausmachte. Natürlich hoffen wir, recht lange gemeinsam mit dir leben zu dürfen. Nur aus Vorsicht treffen wir heute Vorkehrungen, die dein Leben in gewisse Bahnen lenken sollen, falls wir keinen Einfluss mehr darauf haben werden. Ich hoffe, wir haben alles richtig entschieden.

Doch können es nur Vorkehrungen sein, die das Heute betreffen. Für das Morgen musst du selber die richtigen Schritte wählen. Wir wissen, Johann Schumann wird für dich der loyalste und geschickteste Berater sein, den du an deiner Seite haben kannst. Das hat er uns in unserer langen Freundschaft oft bewiesen. Denn gerade in einer Angelegenheit, die mein Leben verändern sollte, war er mir ein guter und der einzige Freund. Ich muss weit ausholen, um sie dir zu erzählen:

Als du drei Jahre alt warst, ist der damalige Geschäftsführer unserer Werft, Ernesto Castelletti, auf tragische Weise ums Leben gekommen. Nur aus Freundschaft zu mir ließ er sein Leben. Wie jeden Winter trafen wir uns in St. Moritz um Ski zu laufen. Du kennst das Skigebiet mittlerweile selber gut, aber im Gegensatz zu heute gelangte man fast ausschließlich mittels Schleppliften auf die Pisten. Je nach Wetterlage war es nicht ungefährlich sie zu benutzen. So auch an dem betreffenden Tag.

Wir nahmen einen der unsicheren Schlepplifte und ließen uns den Berg hinaufziehen. Ernesto wollte an diesem Tag eigentlich nicht fahren. Ihm, der auch der Erfahrenere von uns beiden war, erschien die Liftspur zu eisig. Ich fand ihn überängstlich und überredete ihn, mich trotzdem zu begleiten. Er tat es. Bis heute kann ich die Schuld nicht vergessen, die ich an jenem Tage auf mich geladen habe.

An einer besonders steilen Stelle verkanteten sich unsere Skier. Er verlor das Gleichgewicht und den Halt im Schleppbügel, stürzte und rutschte über ein steiles, nicht präpariertes Stück Piste genau gegen eine Felsformation. Er brach sich das Genick. Ich hatte noch versucht nach seinem Arm zu greifen, aber es war mir nicht gelungen. Ich selber konnte mich nur mit größtem Kraftaufwand am Bügel festhalten und ließ mich noch einige Meter höher schleppen, um einen sicheren Ausstieg zu finden, von dem aus ich zu Ernesto gelangen konnte. Einen Moment später hatte ich ihn erreicht, aber jede Hilfe kam zu spät.

Du als meine Tochter musst nun in meinem Sinne fortführen, was ich seit jenem Unglückstag als notwendig erachtet habe. Ernesto hatte einen Sohn, Tom, der genau 10 Jahre älter ist als du. Furchtbarerweise nahm sich Ernestos Frau Mary sechs Monate nach dem Unglück das Leben.

Es hieß, sie habe den Verlust von Ernesto nicht verwinden können, und ich weiß, das entspricht der Wahrheit. Ich versuchte meine Schuld zu mildern und habe Tom eine gute Schulausbildung mit anschließendem Studium er-

möglicht. Wie sein Vater, lebte er aber nur für den Schiffs-
bau. Hierin sah er seine Zukunft. Ich nahm ihn also nach
Beendigung seines Studiums und mehrerer Praktika in
diversen Zweigen unserer Baufirma und der Werft mit
offenen Armen auf.

Bei allen Entscheidungen, die bezüglich Toms Karriere in
unserer Firma zu treffen sind, bitte ich dich, verpflichte
ich dich sogar, die tragischen Umstände des Unfalls zu
bedenken. Bezüglich der Unternehmensführung hat Tom
mein volles Vertrauen und somit auch deines verdient.
Mit Vollendung seines dreißigsten Lebensjahres werden
wir ihm fünfundzwanzig Prozent der Werft vermachen.
Er hat sie sich verdient, und wir sind sicher, du wirst un-
sere Entscheidung respektieren.

In Liebe, dein Vater«

Herr Schumann legte den Brief beiseite und schaute mich
ruhig an. Er wartete auf eine Reaktion von mir. Das war
also das Geheimnis, von dem ich nichts hatte wissen dürfen. Warum nur sollte ich vorher nichts davon erfahren?
Sicher war dieses Unglück ganz schicksalhaft und meinem
Vater eine schwere Gewissenslast gewesen.

Ich konnte nicht wirklich glauben, dass es in unserer Familie solch eine schreckliche Tragödie gab und mir niemand
all die Jahre davon erzählt hatte.

Mein Vater war kein Lügner, ganz sicher nicht. Trotzdem
hatte ich das ungute Gefühl, dass die Geschichte unvoll-
ständig war, dass mehr dahintersteckte. Herrn Schumann
ließen sich jedoch keine weiteren Geheimnisse entlocken.
Er behauptete, mich umfassend informiert zu haben.

Nach Unterzeichnung einiger Formulare, die Werft betreffend, verließ ich die Praxis mit dem Gefühl, etwas Wichtiges nicht erfahren zu haben.

Am Tag darauf brach ich nach Italien auf. Ich wollte diesen mysteriösen Tom unbedingt kennen lernen. Ich wusste, um die Geschäfte der Werft brauchte ich mich nicht zu kümmern. Wahrscheinlich lag auch niemandem daran. Herr Schumann teilte mir schon kurz nach dem Tode meiner Eltern mit, dass alles weiter in geregelten Bahnen laufen würde. Seit diesem Zeitpunkt bin ich nicht mehr dort gewesen. Aber jetzt war die Zeit für einen Besuch meinerseits reif.

Ich fuhr zuerst nach Locarno, zum Hause meiner Eltern. In den Jahren meiner Abwesenheit hatte sich Antonia um das Gebäude gekümmert, wie sie es schon zu Lebzeiten meiner Eltern getan hatte. Granny hatte dort in den letzten Jahren oft Urlaub gemacht. Weite Reisen schätzte sie aus gesundheitlichen Gründen nicht mehr. Deshalb war das Haus nie richtig verwaist.

Dort lag im Sommer immer unser Boot am Steg, mit dem ich zur Werft übersetzen wollte. Ich hatte Lust mir frischen Wind durch die Haare wehen zu lassen. Außerdem ist der Weg über das Wasser der kürzeste. Ich ließ beide Motoren an, kuppelte die Gänge ein und ließ das Boot langsam durch das Wasser pflügen. Nach der vorgeschriebenen Sicherheitszone von 150 Metern konnte ich endlich die Fahrt erhöhen.

In den letzten Jahren war ich selten in Locarno gewesen und noch seltener auf dem See. Jetzt wurde mir klar, dass ich das Leben am Lago Maggiore im Grunde vermisst hatte. Nächstes Mal würde ich meine Großmutter und Erika mitnehmen.

Keine Wolke trübte den Himmel und der warme Sommerwind schmeichelte meiner Haut. Ich genoss es, wieder auf dem Wasser zu sein und ließ die wunderschönen Brissago-Inseln rechts von mir liegen. Die größere der beiden beherbergt einen botanischen Garten und war jahrelang in Privatbesitz gewesen.

Mein Vater wusste schaurig schöne Geschichten über die früheren Eigentümer der Inseln zu erzählen.

So erinnerte ich mich daran, dass ein ehemaliger, sehr wohlhabender Besitzer wahre Orgien auf der größeren Insel gefeiert haben soll. Ein späterer Eigentümer machte sie seiner Frau zum Geschenk, verschwendete dann angeblich ihrer beider Vermögen, floh und ließ seine Frau auf ihrer geliebten Insel völlig mittellos zurück. Um ihre Gläubiger zufrieden zu stellen, produzierte sie Puppen aus Pappmaché, die sie anfänglich nach England verkaufte. Leider wurde aus dem Geschäft nichts.

In England war die Luftfeuchtigkeit viel höher als im Tessin. Die Puppen zeigten im verregneten englischen Klima schnell Auflösungserscheinungen und wurden unbrauchbar. So wurde sie gezwungen, ihre Insel zu verlassen, obwohl sie sich mit Waffengewalt dagegen gewehrt haben soll.

Später starb sie dann im Asconeser Armenhaus. So in etwa hörte es sich an, wenn mein Vater spannende Geschichten erzählte.

Nach kurzer Fahrt passierte ich problemlos den italienischen Zoll. So wie heute, wurde man oft nicht einmal angehalten, sondern einfach durchgewinkt. Einen Moment später glitt mein Boot wieder mit hoher Geschwindigkeit über das Wasser. In Luino angekommen, wählte ich den kleinen Privatsteg, den auch mein Vater am liebsten benutzt hatte. Schnell machte ich das Boot fest. Der Steg war von der Werft aus nicht einsehbar, das kam mir sehr gelegen.

Ich schaute die steile Klippe hinauf, über die eine Treppe nach oben führte. Hier war die Gegend noch sehr hügelig, bevor die letzten Erhebungen der Alpen in die flache Po-Ebene übergingen.

Langsam stieg ich die Stufen hinauf, die vermutlich schon vor langer Zeit jemand in das Felsgestein geschlagen hatte. Ich wollte den Fußweg erreichen, der sich durch das Wäldchen bis zur Werft schlängelte.

Meinen Besuch hatte ich bewusst nicht angemeldet, es ahnte also niemand mein Kommen.

So konnte ich mich mit der Umgebung, die ich lange gemieden hatte, langsam wieder vertraut machen. Der Waldweg, der jetzt stetig bergab führte, leitete mich durch einen idyllischen Kiefernhain.

An einer Stelle, die ein letztes Mal den Blick auf den Lago Maggiore zuließ, hatte mein Vater vor Jahren eine Bank aufstellen lassen. Wenn ich ihn begleiten durfte, machten wir hier eine Rast und unterhielten uns. Ich konnte nicht widerstehen und setzte mich. Das Panorama beschwor Erinnerungen in mir herauf, die mich sehr gefangen nahmen. Hier hatte ich wunderschöne Momente mit meinem Vater erlebt. Es lag vielleicht daran, dass ich ihn zuletzt nur in den Ferien traf. Wir hatten somit kaum Konfliktpunkte. Wenn wir uns auf diese Bank setzten, um uns zu unterhalten, ging nie der Gesprächsstoff aus. Es lag ja immer eine größere Zeitspanne zwischen uns, in der wir uns nicht sahen.

Nach einigen Minuten gewann die schöne Aussicht die Oberhand über meine Gedanken, denn heute verschleierte kein Dunst den Blick auf die andere Seeseite. Deutlich konnte ich die palmenbewachsene Uferstraße erkennen, auf der sich dicht der Verkehr entlang schlängelte. Zu Beginn des neunzehnten Jahrhunderts hatte Napoleon sie anlegen lassen. Oberhalb der Straße prangten stattliche Villen. Teilweise dem Verfall preisgegeben, meistens jedoch hochherrschaftlich mit parkähnlichen Gärten, in denen meterhohe Zypressen wie Wächter die Grundstücke dominierten und die Vegetation üppig gedieh.

Mein Blick kehrte zurück an den Platz, an dem ich saß. Hier war mein Vater ein anderer Mann. Die mediterrane Atmosphäre, die geliebte Arbeit, die ihn erfüllte, aber auch die Sonne, die uns in meiner Erinnerung oft begleitete, ließen ihn hier einen glücklicheren Menschen sein.

Die anderen Geschäfte, denen mein Vater nachging, brachten ihm wohl Geld und Ansehen. Freude jedoch, dessen war ich mir ganz sicher, bereitete ihm nur die Arbeit mit seinen Booten.

Ich beschloss weiterzugehen, denn es war schon elf Uhr. In Italien wurde die Mittagszeit streng eingehalten. Ich wollte nicht den unnötigen Unmut der Belegschaft auf mich ziehen.

Kurze Zeit später erreichte ich die Werft. Ich sah, wie in den zwei großen Hallen emsig gearbeitet wurde. Ich wendete mich direkt dem Präsentationsraum zu, in dem alle gängigen Schiffsmodelle ausgestellt waren. Ging man durch diesen hindurch, gelangte man in den Büro-Trakt. Ich war auf dem Weg in das Büro der früheren Chef Sekretärin meines Vaters.

Petra Hauser war Deutsch-Schweizerin und arbeitete schon viele Jahre in unserem Unternehmen. Ich war aufgewühlt von den Erinnerungen an meine Eltern und sehnte mich nach einem bekannten Gesicht. Als ich anklopfte und ihre Bürotür öffnete, wurde ich nicht enttäuscht. Sie schaute zunächst fragend auf, erkannte mich staunend und drückte lauthals ihre Freude aus mich zu sehen.

Wir unterhielten uns eine Zeit lang und tauschten Neuigkeiten aus. Dann fragte ich nach Tom. Sie erzählte mir einiges über ihn und seine Arbeit. Sie schien eine gute

Meinung von ihm zu haben, und so gab sie mir bereitwillig Auskunft.

Plötzlich ermahnte sie sich selbst auf die Zeit zu achten: »Ich muss noch etwas Dringendes erledigen. Leider noch vor der Mittagspause«, fügte sie bedauernd hinzu und warf dabei einen eiligen Blick auf ihre Armbanduhr.

»Sehe ich dich gleich noch?« fragte sie und überlegte weiter: »Ich könnte dich über das Werftgelände führen und dir dabei alles Wissenswerte über die Firma berichten.«

Ich versprach ihr wiederzukommen: »Ich besorge mir etwas zu essen oder gehe in ein Restaurant. Wir sehen uns auf jeden Fall später.«

Ich verabschiedete mich und schlenderte los in Richtung Ortskern. Vielleicht würde ich später auch auf Tom treffen, dachte ich; er wurde am Nachmittag wieder in der Werft zurück erwartet.

Ich ging das kurze Stück bis zu einem kleinen Lebensmittelgeschäft. Dort besorgte ich mir Mineralwasser, ein Stück Wassermelone und Pannetone, das ist eine Art Napfkuchen mit Zitronat und Ähnlichem. Mir lag nichts daran, allein ein Restaurant aufzusuchen. Ich hatte mich entschlossen, auf dem Boot zu picknicken, und mich danach zu sonnen. Das würde zwar meine Sommersprossen sprießen lassen, aber die Wärme konnte ich jetzt gut vertragen.

Als ich am Steg ankam, klappte ich als Erstes das Sonnensegel, das in die Roll-Bar des Bootes integriert war, auf. Das Essen wollte ich im Schatten genießen, denn die Sonne ließ sogar den Kunststoff des Schiffes glühend heiß werden.

Ich zog meinen türkisfarbenen Bikini an. Immer, wenn ich mit dem Boot unterwegs war, hatte ich einen in der Tasche.

Nachdem ich ganz vergnügt meinen Imbiss verzehrt hatte, begab ich mich auf die Liegefläche, die noch halb im Schattenbereich des Sonnenschutzes lag, und schlief ein.

Ich musste fest geschlafen haben, denn lauter werdendes Motorengeräusch ließ mich hochfahren. Mit großer Geschwindigkeit kam ein Motorboot auf mich zugebraust. Ein Mann stand am Steuer, neben sich eine hübsche, dunkelhaarige junge Frau. Kurz vor dem Steg stoppte er sein Boot, was gewaltige Wellen verursachte. Auf meiner Liegefläche wurde ich heftig hin und her geschaukelt. Mir entging natürlich nicht, daß nur ein geübter Fahrer solch ein Manöver ausführen konnte.

Der Mann sah aus, als wäre er einem Modejournal für Bootskleidung entsprungen. Er war groß gewachsen, hatte braune gelockte Haare, die offenbar durch einen Kurzhaarschnitt gebändigt werden sollten. Er schaute mich herausfordernd an und rief: »Der Platz, an dem Sie mit ihrem Boot festgemacht haben, gehört zu einem Privatsteg. Sie haben also kein Recht, hier zu liegen. Machen Sie den Platz jetzt frei, ich habe es eilig!«, fügte er arrogant hinzu.

Mich störte sein provokanter, fast herrischer Ton. Was bildete sich dieser chauvinistische Idiot ein. Bei dem vorangegangenen Manöver gerade, hätten mein Boot oder sogar ich leicht zu Schaden kommen können.

Ich blieb liegen, hob nur meinen Kopf ein wenig, um besser sprechen zu können. »Sorry, ich muss erst meinen Mittagsschlaf beenden, bei dem Sie mich so unsanft gestört haben, bevor ich die dazu nötige Kraft aufbringen kann,« antwortete ich ihm mit möglichst gelangweilter Stimme.

Scheinbar unbeeindruckt von seinen Worten, zupfte ich mein Bikinioberteil zurecht, das glücklicherweise schon vorher perfekt saß und machte es mir wieder bequem. Natürlich beobachtete ich durch nur halb geöffnete Augenlider, was sich auf dem Boot des Mannes tat.

Er sprach kurz mit der jungen Frau und zog sich bis auf eine Badehose aus. Schnell stopfte er alles in eine Sporttasche und warf sie im hohen Bogen auf den Steg. Dann zog er das Schiff rückwärts einige Meter vom Steg ab und übergab das Steuer seiner Begleiterin.

Ich hielt die Luft an, als er sich über sie beugte und heftig küsste. Nur einen Augenblick später drehte er sich um, sprang mit einem gelungenen Kopfsprung ins Wasser und schwamm mit einigen kräftigen Zügen an den Steg.

Gerade als die junge Frau mit dem Boot in Richtung Pallanza davonfuhr, zog er sich an ihm hoch und setzte sich auf die Holzplanken. Er saß da, geschmeidig wie eine Katze kurz vorm Sprung und schaute mich einige Minuten unverwandt an.

Plötzlich stand er auf und kam auf mich zu, bis er die Reling meines Bootes berührte. Das war mir ganz und gar nicht geheuer.

Entschlossen, nicht mehr in meiner liegenden Position zu verharren, richtete ich mich langsam auf. Ich entschied mich für die Angriffstaktik nach dem Motto: bloß keine Schwäche zeigen, auch wenn dir übel ist und dein Puls in sphärischen Höhen von 200 rast. So standen wir Auge in Auge, nur einen Arm breit Abstand voneinander getrennt und blitzten uns an.

Ich sagte ihm mit möglichst schneidender Stimme: «Sie wären beim Bootfahren sicher geschickter, wenn Sie sich mehr auf das Fahren als auf das Küssen konzentriert hätten!»

So, das saß hoffentlich, dachte ich grimmig. Unvermutet sprang er auf mein Boot und ehe ich reagieren konnte, riss er mich an sich und küsste mich.

Das war mehr als ein gewöhnlicher Kuss. Er sog den Widerstand aus mir heraus und hauchte Verlangen in mich hinein. Wie paralysiert, war ich nicht in der Lage, mich zu wehren.

Ich war so wütend auf ihn, dass ich inklusive einer Messerstecherei, mit allem gerechnet hätte. Auf so etwas war ich allerdings nicht gefasst. Ehe ich wieder zu Sinnen kam, ließ er von mir ab und schob mich, einen Arm breit Abstand, von sich weg. Seine Stimme war voller Hohn, als er sprach: »Für Ihre Freundlichkeit habe ich Ihnen gerne eine kostenlose Probe meiner Künste erteilt.«

Frech grinste er von einem Ohr zum anderen. Das war mir eindeutig zu viel. Ganz automatisch holte ich zur Ohrfeige meines Lebens aus.

Damit hatte wiederum er nicht gerechnet. Obwohl seine Augen gefährlich funkelten, huschte eine Sekunde später schon wieder ein Grinsen über sein Gesicht. Er berührte die rote Stelle, an der ich ihn schmerzhaft getroffen hatte. Wortlos drehte er sich um und sprang von meinem Boot zurück auf den Steg.

Im Vorbeigehen griff er nach seiner Tasche und lief ohne besondere Eile die Stufen zum Waldweg hinauf. Völlig perplex setzte ich mich auf die Liegefläche und nahm einen großen Schluck aus der von mir mitgebrachten Wasserflasche. So saß ich einige Minuten da, bis ich mich entschloss, im See Abkühlung zu suchen.

Das Bad im See tat mir gut und so ging ich erfrischt, aber noch immer den Kuss auf meinen Lippen spürend, zur Werft zurück.

Erfreut sah ich Frau Hauser wieder an ihrem Arbeitsplatz sitzen. Sie stand bei meinem Eintreten auf und zog sich einen leichten Blazer über. Dann hakte sie sich bei mir unter und wir gingen hinaus, um unseren Rundgang zu beginnen. Sie führte mich durch die beiden neuen Fertigungshallen und erklärte mir die Produktionsabläufe. Hier wurde viel in Handarbeit hergestellt, denn unsere Boote waren keine Massenprodukte. Kundenwünsche fanden individuelle Berücksichtigung.

Zum Schluss warf ich noch einen Blick in die Polsterei und in die Konstruktionsabteilung.

Plötzlich war ich wie vom Donner gerührt. An einem der Schreibtische stand ein Mann, der sich über einen Plan beugte. Noch bevor er unsere Schritte vernahm und aufblickte, erkannte ich sofort, dass es der Mann vom Bootssteg war. Wie in Gottes Namen war das möglich? Was tat er hier auf der Werft, fragte ich mich erstaunt. In unseren Blicken spiegelte sich stummes Erstaunen. Als er Frau Hauser neben mir bemerkte, überspielte er die Situation sofort und kam lässig auf uns zu.

Frau Hauser schien diesen Menschen zu mögen, denn sie begrüßte ihn herzlich: »Tom, schön, dass du schon wieder zurück bist. Ich muss dir unbedingt jemanden vorstellen. Meine beste Bürokraft vergangener Tage. Sie konnte am schnellsten Rechnungen abheften und die Portokasse führte sie gnadenlos. Jede Ungereimtheit wurde aufgeklärt und schwer bestraft. Wenn dann noch Zeit blieb, bekam ich die schönsten Bilder gemalt.« »Ach,« seufzte sie nachdenklich: »Sie war lange nicht mehr hier.«

Meine Gedanken überschlugen sich und mein Puls fing an zu rasen. Frau Hauser hatte ihn Tom genannt. Das durfte nicht wahr sein, *der* Tom, dachte ich erschrocken.

Ehe Frau Hauser mehr erzählen konnte, unterbrach er sie: »Wir sind uns heute schon am kleinen Steg begegnet. Sie bedurfte einer gewissen Hilfe, da war es gut, dass ich gerade anwesend war. Ihren Namen allerdings, hatte ich nicht ganz verstanden,« sagte er voller Liebenswürdigkeit.

Er zuckte bei dieser groben Lüge nicht einmal mit der Wimper. Na warte, dachte ich aufgebracht.

Aber ebenso freundlich wie er stellte ich mich vor: »Greta Holinger, von der Holinger Werft, für die Sie sich eminent zu engagieren scheinen. Sie haben übrigens Recht. Sie waren mir vorhin wirklich sehr behilflich. Man merkt sofort, dass sie viel von Technik verstehen.«

Jetzt war es an mir zu höhnen und mit großer Genugtuung sah ich, wie seine Kinnlade ein wenig herabsackte: »Frau Hauser zeigt mir gerade die Werft. Nach so vielen Jahren ist das wohl notwendig. Vielleicht bis später,« sagte ich leichthin.

Er erwiderte nichts, deutete nur eine Verbeugung an, bevor er auf dem Absatz kehrt machte und an seinen Schreibtisch zurückging.

Der Schock in mir saß tief. Nachdem wir den Rundgang beendet hatten, trank ich in Frau Hausers Büro noch ungeduldig eine Tasse Kaffee. Ich versuchte nette Konversation zu machen, aber jede Faser in meinem Körper drängte zum Aufbruch. Ich bedankte mich für ihre Mühe, stand auf und ging.

Einmal dem Büro entronnen, beschleunigte sich automatisch mein Schritt. Sobald ich das Tor des Werftgeländes hinter mir gelassen hatte, fing ich an zu laufen. Ich drehte mich nicht mehr um, bis ich das Boot erreichte. Sonst hätte ich womöglich bemerkt, dass Tom mir nachdenklich aus einem Fenster in der obersten Etage nachschaute.

Am nächsten Morgen wurde ich wach und dachte sofort an Tom. Mit welcher Coolness er gestern die Situation gemeistert hatte. Obwohl von Geburt Nordeuropäer, schien er sich reichlich der Macho-Art der Südländer zu bedienen. Da fiel mir ein, Toms Vater war ja Italiener. Seine Gene ließen sich nicht verleugnen. Und nicht nur das, es hieß doch auch: »Die angeboren Sitten kommen den angenommenen nachgeschritten.«

Trotzdem, ich fing an zu kichern, als ich daran denken musste, wie er bei meiner Vorstellung beinahe die Fassung verloren hatte. Ich hätte ihn vor Frau Hauser bloßstellen können. Nur ein Wort von mir hätte genügt und sein Ruf hätte einen kleinen Knacks bekommen.

Warum hatte ich es nicht getan? Vielleicht, weil ich damit auch mich bloßgestellt hätte? Dieser Hund! Seufzend schwang ich meine Beine über den Bettrand, stand auf und ging zum Fenster.

Ich wollte meiner morgendlichen Gewohnheit nachgehen und als Erstes nach dem Wetter schauen. Die beiden großen Fensterflügel standen offen, so brauchte ich nur die im Wind flatternden Gardinen zur Seite zu ziehen, um den Blick direkt auf den See freizugeben. In der breiten, tiefen Fensterbank luden dicke Sitzpolster zum Verweilen ein. Ich beschloss mich einen Augenblick zu setzen, kreuzte die Beine unter mir und genoss das Farbenspiel, das sich mir bot. Kleine weiße Schaumkronen tanzten lustig auf dem dunklen Wasser. Ein Zeichen für windiges Wetter. Noch war aber kaum ein Wölkchen am Himmel zu sehen. Es versprach heute noch einmal schön zu werden.

Ich liebte diesen Teil des Hauses. Wenn die Sonne schien, war mein Zimmer lichtdurchflutet. Die zartgelben Vorhänge verstärkten diese Atmosphäre noch. Ich stand auf, ging ins Bad und stellte mich unter die warme Dusche. Den Bademantel um mich schlingend, schlenderte ich nach unten.

Vielleicht hatte ich Glück und mein Frühstück war schon fertig. Antonia kam jeden Morgen, wenn sich jemand in diesem Haus aufhielt. Sie arbeitete bereits sehr lange für unsere Familie, war aber noch recht rüstig. Ich mochte sie gerne und freute mich sie wiederzusehen. Als ich auf die Terrasse kam, sah ich, der Tisch war fertig gedeckt.

Fröhlich rief ich ihren Spitznamen, drehte mich, um in Richtung Küche nach ihr zu suchen und blieb erschrocken stehen. Tom stand an die Terrassentür gelehnt. Beide Hände steckten in seinen Hosentaschen. Ernst schaute er mich an. Nochmals rief ich nach unserer Haushälterin: »Toni, wo bist du? Toni?«

Aber statt ihrer antwortete *er*: »Ich hoffe, Sie verzeihen mir. Antonia hat mir beim Frühstück machen geholfen. Danach habe ich sie nach Hause geschickt. Machen Sie sich keine Sorgen, ich fresse Sie schon nicht und Antonia kennt sie seit einer Ewigkeit, sonst hätte sie mich sicher nicht mit Ihnen allein gelassen. Sie hätte sich sonst Sorgen um mich gemacht. Bei fremden Frauen weiß man ja nie. Manche sollen ja sogar nicht davor zurückschrecken, Männer zu schlagen«, witzelte er, die gestrigen Tatsachen verdrehend.

Ich antwortete nicht, sondern dachte an eines der meist zitierten Mottos meiner Großmutter, das da hieß: »Contenance und lächeln«.

Seinen Platz an der Tür verlassend, ging er auf den gedeckten Tisch zu, zog einen Stuhl zurück und deutete mir an, mich dort zu setzen.

Nun wurde ich doch wütend und schrie ihn automatisch duzend an: »Was fällt dir ein, derart in mein Leben einzubrechen und dich so zu benehmen. Man kann doch nicht einfach ungebeten in fremde Häuser kommen und, und …. Verlass sofort dieses Haus!«

Weiter kam ich nicht. Ruhig drückte er mich auf den hervorgezogenen Stuhl und nahm gegenüber Platz. Ich verstand mich selbst nicht. Warum ließ ich mir sein Verhalten gefallen? Dieses Rätsel nahm mich so sehr gefangen, dass ich mich wunderte, noch genügend motorische Fähigkeiten zu haben, um mein Frühstück zu bewältigen.

Später entschuldigte er sich dann doch für sein ungebetenes Eindringen bei mir. Ich konnte mich allerdings des Eindruckes nicht erwehren, daß er nur seine Strategie geändert hatte.

Nachdem wir das Frühstück beendet hatten, machte er keinerlei Anstalten sich zu verabschieden. Wir sprachen über sein Leben, die Firma und meinen Vater, den er oft erwähnte. Er schien ihn für seinen »Bootsverstand« bewundert zu haben.

Wir konnten uns beide nicht erinnern, uns jemals vorher irgendwo begegnet zu sein. Es sah beinahe so aus, als ob meine Eltern eine frühere Zusammenkunft verhindert hätten. Nach und nach sah ich ihn in einem positiveren Licht. Im Grunde schien er ein ernsthafter, manchmal auch sehr spöttischer Mann zu sein. Wenn er lächelte, sah er umwerfend gut aus.

Während wir gemeinsam den Tisch abdeckten, fragte er mich, nun ebenfalls ins Du verfallend, ob ich unsere neugewonnene Freundschaft mit einem gemeinsamen Tag besiegeln wolle:»Ich würde mich freuen, wenn du mich nach Arona begleiten würdest. Heute noch muss ich persönlich ein Schriftstück zu einem der Firmen-Anwälte bringen. Wir nehmen mein Boot. Bei der Gelegenheit könntest du dich gleich von meiner routinierten Fahrweise überzeugen. Gelingt mir das nicht, übergebe ich dir bereitwillig das Steuer.«

Ich hatte nichts Besonderes zu tun. So entschied ich, auf sein Angebot einzugehen.

Ich gebe zu, in der Gegenwart dieses Mannes empfand ich einen gewissen Nervenkitzel. Trotzdem, er war der Geschäftsführer unserer Werft. Das würde ihn hoffentlich davon abhalten, mich während der Fahrt über Bord zu befördern oder andere schreckliche Dinge zu versuchen. So hoffte ich wenigstens.

Während der schnellen Fahrt war an Unterhaltung nicht zu denken. Ich genoss deshalb die sich ständig verändernde Landschaft. In Locarno umschlossen noch hohe Berge den See. In Richtung Arona aber war von den Ausläufern der Alpen nichts mehr zu sehen. Hier ging das Land in die Poebene über. Als wir unser Ziel erreichten, versprach Tom in wenigen Minuten zurück zu sein. Deshalb ging ich in die Kajüte, um mich etwas frisch zu machen.

Plötzlich hörte ich eine Frauenstimme Toms Namen rufen. Ich stieg an Deck, um nachzusehen, wer dort rief. Eine blonde Italienerin, schon etwas älter, aber immer noch jung genug, um als Frau attraktiv zu wirken, schaute mich verdutzt an, als sie mich an Deck kommen sah.

Ich kam ihrer Frage zuvor und sagte: »Herr Castelletti ist im Augenblick nicht an Bord, aber er müsste jeden Moment zurückkommen. Wenn Sie wollen, können Sie gerne hier auf ihn warten.«

Ehe sie antwortete, musterte sie mich unverhohlen: »Ich heiße Natalie und bin eine alte Bekannte von Herrn Castelletti. Ich habe zufällig sein Boot erkannt und wollte ihm nur einen schönen Tag wünschen.«

Ich wusste, sie stellte sich mit ihrem Namen vor, in der Hoffnung, nun auch meinen zu erfahren. Den Gefallen tat ich ihr jedoch nicht.

Ich nahm verschiedene Leinen in die Hand, begann sie zu sortieren und ordentlich aufzunehmen.

Sie stand unschlüssig herum und entschied sich dann, doch nicht länger zu warten: »Bitte grüßen Sie Herrn Castelletti von mir und sagen sie ihm, ich würde mich in den nächsten Tagen mal bei ihm melden.«

Ich nickte ihr zu und wickelte dabei umständlich, dafür aber sehr beschäftigt aussehend, das letzte Seil auf.

Mit leicht verkniffenem Gesicht machte sie auf dem Absatz kehrt und verschwand hinter der nächsten Straßenbiegung. Ich überlegte gerade, welche Rolle Natalie in Toms Leben spielte, da kam er schon zurück.

Ich erzählte ihm von meiner Begegnung mit Natalie. Er grinste nur vielsagend und murmelte: »Sie ist eine gute und alte Freundin von mir, sehr nett übrigens.«

Ich dachte mir, wenn Männer so etwas sagen, heißt das soviel wie: Wir treffen uns ab und zu, haben viel Spaß miteinander, sehen alles völlig unkompliziert und das schon seit vielen Jahren!

Ich verdrückte mir eine bissige Bemerkung und machte die Leinen los. Wir traten den Rückweg an, und es verging ungefähr eine Viertelstunde, bis er den Motor mitten auf dem See stoppte, und das Schiff langsam an Fahrt verlieren ließ.

Aus dem Kühlschrank, der sich unten in der Kabine befand, holte Tom eine Flasche Weißwein an Deck. Er öffnete sie und schenkte uns beiden ein Glas ein. Der Wein schmeckte wunderbar kühl. Ich nippte jedoch nur vorsichtig an meinem Glas. Alkohol bekam mir nicht so gut.

Ich spürte, wie die Sonne anfing zu brennen. Aber ein Sonnensegel, unter dem wir beide Schutz hätten suchen können, gab es auf seinem Boot nicht. Wir unterhielten uns eine Weile über sein Studium. Ich merkte, wie ihn das Thema begeisterte. Es kam auch zur Sprache, dass er in diversen Fachbereichen unserer Firmen einiges an Erfahrung gesammelt hatte.

Mir wurde die Hitze zu groß, und deshalb schlug Tom vor, eine Weile unter Deck Schutz zu suche:»Komm Greta, wir gehen einen Augenblick unter Deck, die Sonne ist in der Mittagszeit zu stark. Es ist keine Erholung, sich hier braten zu lassen. Vor allem nicht, wenn man Wein trinkt.«

Ich hatte nichts dagegen:»Gut, das ist sicher besser,« sagte ich, aber als ich aufstand, um die vier Stufen nach unten zu steigen, blieb mir nicht verborgen, wie der Wein auf mich wirkte, obwohl ich ihn nur schluckweise getrunken hatte.

Ich lächelte leise in mich hinein und musste wieder an das Motto meiner Großmutter denken:»Contenance und lächeln«!?

Es schien universell einsetzbar zu sein, es passte immer. Als ich unten ankam und Tom auf der obersten Stufe stand, brachte eine große Welle das Boot heftig zum Schaukeln.

Tom konnte sich nicht halten, fiel vornüber direkt auf mich und riss mich zu Boden. Ich schrie auf, denn ich hatte mir an einer Kante den Kopf gestoßen. Sofort machte er sich leicht und rollte sich von mir ab.

Das heißt, er probierte es wenigstens, denn die nächste Woge ließ nicht lange auf sich warten. Jetzt allerdings hatte ich das Gefühl, er hätte nicht wirklich versucht, einen erneuten Zusammenstoß mit mir zu vermeiden. Er umfasste mit seinen Händen schützend meinen Kopf, und küsste ganz zart meine Lippen. Ich ließ es geschehen. Mir war ganz taumelig zumute, in meinem Bauch flatterte etwas ganz aufgeregt und – ich wollte mehr.

Als er meine Reaktion bemerkte, war es um seine Beherrschung geschehen. Wir küssten uns stürmisch, es nahm mir fast den Atem. In dem Moment ertönte ein lautes Signalhorn.

Tom sprang auf, hastete zum Steuer und startete den Motor: »Greta, wir leben riskant. Der Seegang hat uns offenbar schneller abgetrieben, als ich dachte. Wir liegen mitten auf der Fahrtroute der Kursschifffahrt. Ich muss die Fahrrinne sofort freimachen, sonst können die gleich unsere Einzelteile aufsammeln!«

Ich blieb noch einen Moment lang unten. Bevor ich hochging, musste ich zuerst meine Fassung wiederfinden.

Die Beziehung zu Leon war auch stürmisch gewesen, aber eher wie ein Unwetter, das so ging, wie es gekommen war: schnell! So etwas wie heute, so ein intensives Gefühl, hatte ich noch nie erlebt. Warum gerade mit ihm? Mit den Fingern versuchte ich Ordnung in meine Haare zu bringen und ging dann an Deck. Als er mich sah, machte er Platz und übergab mir das Steuer.

Ich beschleunigte zügig und genoss den Wind, der keine schweren Gedanken zuließ.

Zügig steuerte ich in Richtung unseres Hauses in Locarno. Ich wollte nicht noch einmal anhalten. Ich wusste, was dann passieren würde, und das hier ging mir eindeutig zu schnell.

Geschickt legte ich am Bootssteg an, übergab Tom wieder das Steuer und sprang flink von Bord. Ich wollte ein Gespräch mit ihm vermeiden und winkte ihm nur freundlich. Dann lief ich schnell auf das Haus zu.

Ich konnte hören, wie sein Boot langsam wieder an Fahrt gewann. Bald würde es nur noch als kleiner Punkt auf der Wasseroberfläche zu erkennen sein.

Ich betrat das Haus durch den Kücheneingang und war überrascht, auf der Tafel, auf der wir Einkaufswünsche notierten, eine rote Rose befestigt zu sehen. Mich fröstelte, aber ich versuchte nicht zu klären, wie dieses verhasste Ding hier in die Küche kam. Es wäre zwecklos, zu oft hatte ich es schon versucht.

Fluchend nahm ich die Rose ab, richtete noch einen skeptischen Blick auf den Golddraht, der wie üblich um das Stielende gewickelt war und warf sie auch diesmal in den Müll.

Am nächsten Tag hörte ich nichts von Tom. Dafür meldete sich Erika bei mir. Sie machte sich Sorgen um meine Großmutter: »Sie isst schlecht in den letzten Tagen und wird zusehends schwächer. Es ist besser, du kommst nach Zürich. Vielleicht kannst du sie aufmuntern.«

So packte ich einige Sachen zusammen und lenkte eine Stunde später besorgt das Auto Richtung Heimat.

In Zürich angekommen, erkannte meine Großmutter mich nicht. Erika hatte mich schon auf diese Entwicklung hingewiesen, trotzdem traf es mich sehr. Ich hätte mich gerne mit ihr unterhalten, so wie früher.

Sie zu Tom befragt, sie musste ihn doch kennen. Ihr einfach von meinen Erlebnissen berichtet. Es war zum Heulen.

Als wir uns dann abends zu einem Imbiss zusammensetzten, versuchte ich es erneut. Sie schaute aber nur an mir vorbei, stand nach einigen Minuten einfach auf und ließ mich am Esstisch allein zurück. Nichts schien diese Mauer durchbrechen zu können, die diese furchtbare Krankheit zwischen uns errichtet hatte.

Trotzdem sprach sie oft von sich aus, allerdings nur über Ereignisse, die fünfzig Jahre oder länger zurücklagen. Manchmal regte sie sich über Dinge auf, die keiner vorhersehen konnte und wurde regelrecht streitsüchtig. Oder sie aß plötzlich Gerichte nicht mehr, die früher einmal zu ihren Lieblingsspeisen gehört hatten.

In den nächsten Tagen kümmerte ich mich viel um sie. Eine Besserung erreichten wir jedoch nicht. Immer wieder holte ich alte Fotos hervor oder legte ihre Lieblingsplatte von Edith Piaff auf. Das Chanson »Je ne regrette rien« hat sie immer gerne gehört und auch mitgesungen.

Auf nichts reagierte sie besonders, es schien nichts zu geben, das ihr Herz höher schlagen ließ.

1992 – Zürich

Oft dachte ich an Tom, aber es machte mich seltsamerweise nicht nervös, keinerlei Nachricht von ihm zu erhalten. Diese Gefühlsintensität, die ich bei unserem letzten Zusammentreffen auf dem Lago Maggiore zwischen uns spürte, hatte mich umgehauen, mir aber auch gleichzeitig Respekt eingeflößt. Respekt vor etwas, dessen Ausmaß ich vielleicht nicht abschätzen konnte. Deshalb war Abstand zu halten jetzt genau das Richtige. Zeit würde mir helfen einen kühlen Kopf zu bewahren und der sollte mich davor schützen, mich unüberlegt in eine Beziehung zu stürzen.

Wahrscheinlich beruhigte es mich auch, ihn als Geschäftsführer in der Werft zu wissen. So konnte ich ihn jederzeit aufsuchen, wenn er sich nicht bei mir melden sollte oder ich ihn sogar wiedersehen wollte.

Meinen ursprünglichen Plan, wieder nach London zu gehen, verfolgte ich nicht weiter. Obwohl ich meine Großmutter durch die Pflegekraft gut versorgt wusste, wollte ich sie auf keinen Fall in Zürich alleine lassen. Hätte sie diese Entscheidung mitbekommen, wäre sie damit nicht einverstanden gewesen, aber momentan war sie uns so fern wie noch nie.

Trotzdem, untätig herumzusitzen machte mich unzufrieden. Ich suchte mir eine Arbeit, um Berufserfahrung zu sammeln. So fing ich in einem renommierten Antiquitäten-Geschäft an. Ich wollte gerne etwas tun, das mich mit meiner geliebten alten Kunst verband. Der Besitzer war zudem Gutachter. Diese Tätigkeit brachte ihn und auch mich, so hoffte ich wenigstens, ständig mit interessanten Werken zusammen.

Ich arbeitete seit etwa zwei Monaten dort, als sich eines Mittags die Ladentür mit einem leisen Klingelgeräusch öffnete. Herr Baldano, so hieß der Besitzer, war für einen Tag nicht in Zürich. Ich war allein in dem etwas altmodischen Geschäft und wollte die ruhige Mittagszeit dazu nutzen, mich um einige antiquarische Bücher zu kümmern, die Herr Baldano erst einen Tag zuvor gekauft hatte.

Ich saß auf dem Boden, kontrollierte den Bestand und staubte die alten Buchbände ab. Als ich das Klingeln der Türglocke wahrnahm, beförderte ich die Bücher vorsichtig von meinem Schoß. Ich konnte nicht erkennen, wer den Laden betreten hatte. Im Aufstehen zog ich meinen zerknitterten Rock glatt und sah direkt in sein jungenhaftes Lächeln. Ich war verloren.

Tom war gekommen, um mich zu sehen. Die Wochen, die zwischen uns lagen, hatten meine Gefühle für ihn nicht abschwächen können. Sie hatten nur geruht, das wusste ich, als er mich ohne ein weiteres Wort an sich zog, um mich zu küssen bis mir schwindelig wurde.

Meine Beine gaben tatsächlich nach, und wir landeten sanft zusammen auf dem Boden, von dem ich gerade aufgestanden war.

Ich fühlte mich ihm gefühlsmäßig ausgeliefert. Ich wusste und wollte das. Nichts konnte mich zur Besinnung bringen, als wir miteinander schliefen.

Wie noch nie zuvor in meinem Leben, das fühlte ich, liebte und begehrte ich einen Mann. Ich konnte nicht nachdenken, nur fühlen.

Wenn er mich zärtlich berührte, spürte ich prickelnd

jede Faser meines Körpers. Nicht einmal die drohende Gefahr der Entdeckung durch einen ins Geschäft kommenden Kunden konnte mich veranlassen, diesen traumhaften Moment aufzugeben.

Irgendwann beschloss Tom jedoch, die Ladentür abzuschließen. Er drehte das Türschild auf »Geschlossen« und kam zu mir zurück. Seine Liebesschwüre und Hände raubten mir den Verstand.

Später dann verließen wir das Geschäft und gingen in das Haus meiner Großmutter. Nur kurz begrüßte ich Erika, die uns an der Haustür begegnete: »Erika, ich habe einen Freund mitgebracht. Ich esse heute nicht mit euch. Wie geht es Granny, war der Arzt da?«

»Ja, er hat Tabletten dagelassen, ein neues Wundermittel, hat er mir gesagt. Jetzt ist sie auf ihrem Zimmer und schläft, « grummelte sie knapp angebunden.

Erika musterte Tom genau, deshalb drängte ich ihn am Eingang vorbei in meine Einliegerwohnung, die in das Haus meiner Großmutter integriert war. Dort verlebte ich die schönsten Stunden meines Lebens.

Einen Monat später heirateten wir. Tom und ich waren total verliebt. Nichts sollte uns mehr trennen.

Unsere Hochzeit feierten wir im engsten Kreis. Als Trauzeugen fungierten Herr Schumann und Frau Hauser. Es schmerzte mich, meine Großmutter nicht zur Trauung einzuladen. Aber Erika und ich hielten es nach langer Diskussion nicht für ratsam, dass sie zur Hochzeit erschien. Seltsamerweise reagierte sie auf Tom erschreckend heftig. Sie schien ihn nicht zu mögen und duldete auch seine Anwesenheit in ihrem Hause nicht.

Wenn er mich besuchte, musste ich aufpassen, dass Granny ihn nicht entdeckte. Das Versteckspiel tat mir Leid, doch wollte ich auch nicht ihrem Wunsch folgen, Tom den

Zutritt zu verwehren. Wenn sie ihn nicht sah, war Tom für meine Großmutter kein Thema.

Nach der standesamtlichen Trauung bestiegen wir direkt ein Flugzeug nach Irland. Toms Mutter stammte aus diesem Land. Er hatte den größten Teil seiner Kindheit dort verbracht und wollte es unbedingt wiedersehen. Sein Vater war gebürtiger Italiener, der in jungen Jahren aus beruflichen Gründen nach Irland gegangen war. Dort lernte er seine spätere Frau Mary kennen.

Wir landeten in Sligo, mieteten ein Auto und erreichten wenig später den Ort, an dem wir unsere Flitterwochen verbringen wollten.

Unser Ziel war ein romantisches Schlosshotel, in dem Tom die schönste und teuerste Suite gebucht hatte, die das Haus zu bieten hatte.

Wir wurden herzlich mit einem Glas Champagner empfangen. Es sorgte dafür, dass ich beschwingt und mit leicht geröteten Wangen Tom und dem Pagen auf dem Weg zu unserem Zimmer folgte.

Bevor er die Zimmertür öffnen konnte, berührte Tom meine Schulter: »Ach Greta, ich habe an der Rezeption etwas vergessen, ich bin in einer Minute wieder zurück. Ich muss noch schnell etwas organisieren«, sagte er geheimnisvoll und bedachte mich mit einem zärtlichen Blick.

Mein Herz machte einen gewaltigen Sprung. Ich jubelte innerlich, dieser Mann war jetzt mein Ehemann.

Ich hätte die ganze Welt umarmen können, so glücklich war ich. Der Page stellte das Gepäck hinein. Ich nahm den Zimmerschlüssel in Empfang und übergab dem Jungen ein großzügiges Trinkgeld.

Ich freute mich ungeheuer, die Flitterwochen in diesem romantischen Hotel zu verbringen. Als ich mich neugierig und erwartungsvoll in der Suite umsah, erfasste ich sofort etwas, das ich hier niemals erwartet hätte. Ich traute meinen Augen kaum. Mir entfuhr ein schriller Entsetzensschrei, und das erste Mal in meinem Leben verlor ich die Besinnung und stürzte zu Boden.

Auf dem Bett und überall sonst im Schlafzimmer lagen sie, diese mir Angst einflößenden roten Rosen, deren Enden wieder bizarrer weise mit Draht umwickelt waren.

Als ich Minuten später wieder zu mir kam, lag ich auf dem Bett. Tom hielt mich in seinen Armen und schaute besorgt in mein Gesicht. Er versuchte die Situation zu veralbern, konnte seinen Schrecken jedoch nicht ganz verbergen.

Das Zimmermädchen, das meinen Schrei gehört hatte, glaubte meine Ohnmacht als ein gutes Zeichen werten zu können. Dabei deutete sie kichernd mit der Hand auf meinen Bauch.

Ich entrang mir mühselig ein Lächeln: »Tom, bitte, schick sie aus dem Zimmer, ich will allein sein.«

Er verstand mich sofort: »Bitte, meine Frau braucht jetzt dringend ihre Ruhe. Die Koffer packen wir selber aus. Und bitten Sie den Room-Service, uns den Champagner und die Canapés, die ich gerade geordert habe, vor die Zimmertür zu stellen. Vor die Tür!«, wiederholte er nachdrücklich. Höflich, aber bestimmt, komplimentierte er das Mädchen aus dem Zimmer.

Endlich zu zweit, erzählte ich ihm von meinen Begegnungen mit den Rosen: »Tom, diese Rosen werden langsam zu meinem persönlichen Alptraum. Sie verfolgen mich seit meiner Internatszeit. Immer wieder liegen sie unvermutet irgendwo herum. Ich habe nicht einmal eine Ahnung, von wem sie kommen könnten.«

Toms Gesichtszüge entspannten sich langsam wieder, und er sagte aufmunternd: »Ich kann mir nur vorstellen, dass du einen Verehrer hast, der sich nie traute, dich anzusprechen und das schon seit langen Jahren. Greta, so wie dir geht es sicherlich vielen Frauen. Es sind doch nur harmlose Rosen. Sie tun dir nichts, sie liegen einfach nur da.«

Ich unterbrach ihn heftig: »Sie liegen da und starren mich an. Ich kann sie, will sie nicht mehr ertragen. Meine Güte, Tom, wir sind hier in Irland und nicht zu Hause. Es kommt doch kein normaler Verehrer hinter uns hergeflogen, um hier Blumen auszulegen. Das kann nicht wahr sein!«, rief ich verzweifelt.

Tom drückte mich noch fester an sich: «Kein Weg wäre mir zu weit, dir eine Freude zu bereiten.«

Dieses Kompliment war lieb gemeint: »Über Rosen von dir wäre ich auch glücklich, aber diese drahtumwickelten Scheusale kann ich nicht mehr ertragen. Bitte, versuch herauszufinden, wer der Rosenmann ist. Bitte!«

Er schaute mich mitfühlend an und versprach es mir. Kurzerhand sammelte er alle Rosen zusammen, riss die Balkontür auf und warf sie schwungvoll hinunter in den Bach, der unter unserer Terrasse in seinem steinigen Bett leise vor sich hinplätscherte.

Die immer wieder unvermutet auftauchenden Rosen führten dazu, dass ich mich beobachtet und verfolgt fühlte. Wie noch nie, erfasste Angst mein Herz. Die Angst, mein Glück zu verlieren. Jetzt, wo ich es doch gerade gefunden hatte.

Ich trat zu Tom auf den Balkon und sah den Rosen hinterher, wie sie auf dem Wasser tanzten. Manche verfingen sich kurz an größeren Steinen, aber bald war von ihnen nichts mehr zu sehen.

Arm in Arm standen wir an die Brüstung gelehnt und hingen jeder für sich seinen Gedanken nach.

Jetzt erst kam ich dazu, die Umgebung genauer anzuschauen.

Wir wohnten in einer Art Turmzimmer, von dessen großem Balkon man grandios in drei Himmelsrichtungen blicken konnte.

Es war traumhaft. Die irische Landschaft strotzte nur so vor Grün. Grün, wohin man schaute. Ein Meer sanfter Hügel erstreckte sich bis zum fernen Horizont, das teilweise einem Schachbrett gleich in helle und dunklere Felder eingeteilt war. Kleine Mauern, mühevoll per Hand aus Steinen errichtet, die hier überall auf den Feldern herumlagen, trennten sie voneinander. Manchmal waren sie auch durch mittelhohe, gelb blühende Hecken begrenzt.

Über den Bach, der direkt am Hotel vorbeifloss, führte eine hölzerne Brücke, die gerade drei Reiter im Schritttempo überquerten. Zwei frei laufende Jack-Russel-Terrier jagten sich fröhlich gegenseitig, ohne den Anschluss an die Reiter zu verlieren.

Schon als wir auf den Hof gefahren waren, hatte ich den Misthaufen gesehen, der seitlich der Stallungen vor sich hin dampfte.

Ich fragte Tom: »Wir sind doch gerade an großen Pferdekoppeln vorbeigekommen. Wird hier gezüchtet, oder kann man Pferde mieten, um Reiterferien zu machen?« Ich wusste, Tom mochte Pferde sehr.

Er antwortete: »Vermutlich beides, hier werden Pferde gezüchtet, die sich besonders zur Jagd eignen. Sie müssen schnell und wendig sein und über gutes Temperament verfügen. Dieser Hotelbetrieb veranstaltet regelmäßig Jagden. Der Besitzer war früher ein berühmter Vielseitigkeitsreiter und bildet in den Sommermonaten Reiter und Pferde im Gelände aus. Natürlich nur solche mit dem nötigen Kleingeld. Ihnen verkauft er dann auch gerne seine eigenen Pferde. Er führt halt seinen Betrieb nach dem wirtschaftlichen Prinzip der Risikostreuung.«

Mit einem Kuss holte Tom mich zurück in die Gegenwart: »Komm Greta, wir schauen mal, ob die dienstbaren Geister hier unseren Schampus vor die Tür gestellt haben.«

In den nächsten Tagen hatte ich kaum Gelegenheit, mich durch irgendwelche Schreckgespenster ins Boxhorn jagen zu lassen. Tom ließ keinen Raum dafür.

Jeden Tag hatte er einen neuen Einfall, wie wir die Freizeit verbringen konnten. Am ersten Morgen sprang er voller Elan aus dem Bett. Er streckte sich wie ein junger Kater, zog mir blitzschnell die Decke weg und rief offensichtlich bester Laune: »Aufstehen, Langschläferin, es ist schon fast Mittag. Zieh dich bitte schnell an, ich muss dir dringend was zeigen.« Ungeduld sprach aus seiner Stimme.

Seinen Geburtsort wollte er mir in diesem Urlaub als Erstes zeigen und das Haus, in dem er zur Welt gekommen war. Ich ließ mich von seiner guten Laune anstecken und ging ohne zu murren geradewegs unter die Dusche.

Fertig geduscht und im Begriff die Tür des Kleiderschrankes zu öffnen, trat er plötzlich nah hinter mich. Sein Badehandtuch fiel dabei auf den Boden und ich spürte nicht nur, daß er nackt war. Zärtlich hob er mich hoch und trug mich, ohne meinem Protest Beachtung zu schenken, wieder zurück ins Bett. »So, so,« sagte ich, »so eilig hast du es also.«

Seine Begierde berauschte mich, in dieses Gefühl ließ ich mich fallen. Ich genoss es, von ihm so sehr geliebt und begehrt zu werden.

Kurz darauf saßen wir schon wieder in unserem Leihwagen und fuhren Richtung Ballina. Toms ehemaliges Elternhaus war eine gut erhaltene Jugendstilvilla, die jetzt ein italienisches Restaurant beherbergte. Dorthin wollte er mich zum Essen einladen.

Die Villa nahm sich seltsam aus, denn sie stand in einem Arbeiterviertel, in dem sie als imposante Erscheinung jedem ins Auge fiel. Oder auch als Fremdkörper, dachte ich.

Tom zog mich ein Stück mit sich: «Ich zeige dir mal, wo ich hinter dem Haus als Kind gespielt habe. Früher dachte ich, dieses Gebäude wäre ein Schloss, so schön fand ich es. Der Park dahinter war herrlich verwildert. Einmal dort versteckt, brauchte meine Mutter eine Ewigkeit, um mich zu finden. Als Kind empfand ich es als Heidenspaß, meine Mutter so zu necken. Bis dann ...«

Er sprach nicht weiter, und ich wusste, er dachte an die Familien-Tragödie, die mein Vater damals durch seinen Leichtsinn verursacht hatte. In seinen Augen sah ich Tränen glitzern, die er sofort wegwischte.

Ich wollte ihn tröstend in den Arm nehmen, aber er zog mich weiter die Stufen zum Restaurant hinauf.

Wir aßen vorzüglich, obwohl es mir etwas makaber vorkam am Ort dieser Erinnerungen, die Tom so offensichtlich tief berührten, zu schlemmen.

Er musste wohl selbst wissen, was er verkraften konnte. Am liebsten wäre ich gleich weitergefahren, irgendwohin, weg von der Geschehnissen der Vergangenheit, die nicht nur ihn bedrückten, sondern auch mich gefangen nahmen.

Am nächsten Tag war er wieder unbeschwert und voller Tatendrang. Er wollte mir unbedingt zeigen, wie man Lachse angelt: »Das ist wirklich spannend, Greta,« sagte er. »Man muss es einfach mal gemacht haben, wenn man in Irland ist. Es gehört zum Standard-Programm. Außerdem kannst du so ganz nebenbei den Ablauf der Weiterverarbeitung verfolgen,« fügte er noch schnell begeistert hinzu.

Ich runzelte die Stirn. An solchen »Abläufen« war ich absolut nicht interessiert. Zu sehen, wie so große Fische gemeuchelt und zuletzt noch geräuchert und in mundgerechte Scheibchen vorgeschnitten wurden, entsprach nicht den Vorstellungen, die ich von einer Sightseeing-Tour hatte.

Mal ganz davon abgesehen, wie grausam ich überhaupt

Fischen im Grunde meines Herzens fand. Ich konnte nicht einmal Grillhähnchen zubereiten, weil ich den Tierkörper nicht anfassen mochte. Wollte ich kochen, mussten Fisch sowie Fleisch filiert sein, sonst verging mir schnell der Appetit.

Ich hatte schon so eine Ahnung, dass ich eines nicht allzu fernen Tages ganz auf Fisch und Fleisch verzichten würde.

Trotzdem konnte ich ihm seinen Wunsch nicht abschlagen und sagte: »Gut, wir fahren hin, wenn du es unbedingt willst. Ich kann nur kein Blut sehen, und das meine ich ernst. Ich liege schneller auf dem Boden, als du mir mit den Augen folgen kannst.«

Ohne Tom sonderlich beeindruckt zu haben, machten wir uns auf den Weg. Wir suchten einen alten Freund auf, der sich von Berufs wegen mit dem Lachsfang befasste.

Obwohl dieser schon so lange nicht mehr lebte, erwies der Fischer Toms restlicher Familie weiterhin die Freundschaft.

Er arbeitete und lebte in einem roten Backsteinhaus. Im Hof des Hauses stand eine alte Räucherkate, in der die Fische verarbeitet und für die Räucherung vorbereitet wurden. Unter einem breiten Vordach stapelte sich das Räucherholz. Im Backsteinhaus wurden die Fische dann geschnitten und vakuumverpackt.

Tom begrüßte seinen Freund herzlich, wobei mir wenig Beachtung geschenkt wurde. Ihn konnte ich nicht verstehen, weil er in einem Dialekt sprach, der nur sehr entfernt nach Englisch klang.

Da er sich nur direkt Tom zuwandte, unterließ ich den Versuch, mich an der Unterhaltung zu beteiligen.

Er war deutlich kleiner als Tom. So etwa meine Größe, und ich maß 165 cm. Sein Körperbau war gedrungen, und sein Gesicht ließ ahnen, dass er jähzornig werden konnte.

Seine roten Haare waren kurz geschnitten und ließen keine grauen Strähnen erkennen, obwohl er um die fünfzig Jahre alt sein musste.

Ohne einen benennbaren Grund zu haben, gefiel mir dieser Mann nicht und ich glaubte, dass dies auf Gegenseitigkeit beruhte. Zum Glück ignorierte er mich völlig, so dass ich still dem Gespräch der beiden folgte.

Tom schien nichts zu bemerken und unterhielt sich offenbar prächtig. Einige Zeit später lieh er sich von ihm sämtliche Utensilien, die man zum Fischen brauchte, aus. Mit der Instruktion, wo wir den besten Angelplatz finden würden, machten wir uns zu Fuß auf den Weg. Um Tom nicht den Spaß zu verderben, behielt ich für mich, daß meine Schuhe mir bei jedem Schritt Höllenqualen verursachten. Unser eiliger Aufbruch am Morgen hatte mich die falsche Schuhwahl treffen lassen. Ich atmete auf, als wir nach kurzer Zeit den Platz erreichten. Tom richtete sich schnell am Rande des Ufers ein.

Mir schob Tom einen kleinen Klappstuhl unter den Po und deutete an, jetzt absolute Ruhe zu brauchen. Der Erfolg ließ nicht lange auf sich warten. Obwohl mich ja Angeln eher abstieß, kam ich nicht umhin, Tom zu bewundern. Es schien fast, dass er erreichen sollte, was er erreichen wollte.

Im Tausch gegen den frisch gefangenen Fisch bekamen wir von Toms Freund später eine Seite frisch geräucherten Lachs. Wir kauften in einem Geschäft Brot, Wein und ein Messer und fuhren mit unserem Leihwagen Richtung Küste. Schnell ließen wir Ballina hinter uns und erreichten eine Viertelstunde später das Meer.

Solch ein Küstengebiet hatte ich nie zuvor gesehen. Vor uns lag eine wild-romantische Steilküste, die mich faszinierte. Über eine Art grasbewachsenes Hochplateau fuhren wir bis an den äußersten Rand. Unser Leihwagen hüpfte dabei über die unebene Wiese, denn eine offizielle Straße gab es hier nicht. Dabei musste man größere Steinbrocken geschickt umfahren, wollte man den Wagen ohne Schäden zum Verleiher zurückbringen.

Überall warnten Schilder vor dem unwegsamen Gebiet, durch das man sicher nicht mit dem Auto fahren durfte.

Schroff fielen die Klippen über einige Meter steil nach unten bis zur Wasserlinie ab.

»Einen Strandlauf können wir hier also nicht machen,« sagte ich neckend zu Tom. Der antwortete nachdenklich: »Nein, stimmt. Trotzdem liebe ich diese Landschaft! Sie kann durch uns Menschen nicht in ihrer Art oder Bestimmung verändert werden. Man kann nur hier stehen und sie bewundern. Sonnenschirme, Jetski oder sonstige touristische Attraktionen wären hier nicht möglich und sowieso völlig fehl am Platz.«

Er zog die Handbremse an und stieg aus. Mir war nicht ganz wohl bei dem Gedanken, so nah am Abgrund zu parken. Aber so konnten wir uns mit dem Rücken an den Wagen anlehnen und Schutz vor dem starken Wind suchen, der hier ständig blies. Ohne den Blick vom Meer abzuwenden, suchte und fand ich Toms Hand und war einfach nur glücklich. Schwer schlug die Brandung gegen hohe Felsen, die hie und da aus dem Wasser ragten. Einige waren voll von Möwen besetzt, die schrill ihre Sitzplätze gegen Eindringlinge verteidigten.

Wir holten unseren Proviant hervor und genossen unser Picknick mit allen Sinnen. Jeder von uns hing eine Zeit lang seinen eigenen Gedanken nach. Wir ließen es uns einfach gut gehen.

Deshalb war ich sehr erstaunt, als er mir plötzlich mein Benehmen bei dem Freund seiner Eltern vorhielt: »Keinen Ton hast du mit ihm gesprochen. Du hättest ja wenigstens ein paar Höflichkeitsfloskeln mit ihm austauschen können, immerhin ist er der beste Freund meines Vaters gewesen. Was hast du eigentlich in deinem teuren Internat gelernt, wenn nicht etwas Konversation? Mir war es unangenehm, wie unfreundlich du zu ihm warst,« sagte er ziemlich beleidigt.

Ich fiel wie aus allen Wolken. Die schöne Stimmung war dahin. Warum griff er mich so plötzlich an?

»Moment mal,« rechtfertigte ich mich. »Er war von der ersten Minute an unfreundlich zu mir. Da hatte ich keine Lust mehr auf große Konversation. Wie kann dir das entgangen sein? Such doch jetzt nicht die Schuld bei mir!«

Meine Einwände machten ihn nur noch übellauniger.

Abrupt stand er auf, warf unsere Sachen ins Auto, ließ den Motor an. Völlig beleidigt starrte er geradeaus durch die Frontscheibe.

Verärgert folgte ich ihm in den Wagen. Auf der Rückfahrt sprachen wir kein Wort miteinander. Erst am nächsten Morgen besserte sich seine Haltung mir gegenüber. Zum Glück war das die einzige Missstimmung in unserem Urlaub.

Wir blieben zehn Tage und unternahmen viel. Am letzten Tag fuhren wir zu einem Reitstall. Wir wollten an einem vierstündigen Wanderritt teilnehmen, zu dem Tom mich überredet hatte.

Als ich vierzehn Jahre alt war, gab ich nach einem furchtbaren Erlebnis, das ich mit einem Schulpferd hatte, das Reiten auf. Durch meine Leichtsinnigkeit beim Reiten verletzte sich das Pferd sehr schwer.

Aus Übermut sprang ich eine Kombination von Hindernissen, die in der Reithalle aufgebaut standen. Das Pferd war noch jung und stand nicht immer zuverlässig an den Hilfen. Mein Reitlehrer ließ mich deshalb nur niedrige Hindernisse springen, wie es für ein junges Pferd angemessen war.

An jenem verhängnisvollen Tag sprang ich vor Beginn

der regulären Reitstunde die schwierige Kombination, ohne an das Pferd zu denken. Es reizte mich zu probieren, wie das Pferd diese Art von Sprüngen bewältigte. Das Tier stürzte furchtbar und musste sofort durch einen Arzt von seinem Leiden erlöst werden. Es hatte sich irreparabel ein Bein gebrochen, weil ich es zwischen den Sprüngen nicht mehr kontrollieren konnte. Es sprang mit der Vorhand in eines der Holz-Hindernisse und damit in den sicheren Tod. Ich fühlte mich schuldig und konnte jahrelang keinem Pferd mehr in die Augen sehen.

An diesem Tage jedoch ermutigte Tom mich, endlich alle Zweifel und Gewissensbisse an einen Ort zu verbannen, von dem aus ich sie zwar sah, aber besser mit ihnen umgehen konnte: »Greta,« antwortete er mir auf meine unsichere Ablehnung hin. »Greta, du bist dir deiner Schuld an dem tragischen Unglück doch bewusst. Trotzdem muss irgendwann mal Platz sein für weitere Erfahrungen. Reiten hat dir früher viel bedeutet. Ich bitte dich, es heute noch einmal zu probieren.«

Er hatte Recht, entschied ich. Deshalb war ich nicht wirklich verwundert, als ich mich eine halbe Stunde später auf dem Rücken eines gutmütigen Connemara-Ponys wiederfand. Der Beritt-Führer ermahnte alle fünf Teilnehmer nur im Schritt zu reiten:

Der Ausflug führt teilweise durch Schutzgebiete, in der keine andere Gangart erlaubt ist. Flora und Fauna zu schützen, geht uns alle etwas an.«

Er setzte sich an die Spitze, und wir ritten los.

Stimmt wohl, dachte ich amüsiert, aber egal aus welchem Grunde, es war mir ohnehin wichtig, nur schön langsam im Schritt zu reiten. Das beruhigte mich und nach und nach begann ich sogar, den Ausritt zu genießen.

Ich bemerkte, wie Tom mich immer wieder prüfend anschaute und lächelte ihm aufmunternd zu. Da trieb Tom sein Pferd zu einem raumgreifenderen Schritt an und setze sich neben den jungen Führer. Sogleich unterhielten sie sich lebhaft.

Zufrieden sog ich Luft bis tief in den Bauch und genoss die angenehmen Sonnenstrahlen, die warm durch meine Bluse bis auf den Rücken drangen.

In diesen sonst unbeschwerten Tagen war ich dankbar, ihnen nicht wieder begegnet zu sein. Den Rosen, die mich so sehr beunruhigten.

Wieder in der Schweiz, beschäftige mich unsere Wohnortwahl besonders. Die Nähe zur Werft ließ uns schließlich für Locarno entscheiden. Tom gefiel das Haus meiner Eltern gut. Es war für uns geradezu ideal.

Obwohl ich dort gerne wohnen wollte, stellte sich mir ein Problem. Meine Großmutter konnte Tom nicht ausstehen und würde niemals bei uns wohnen wollen. Es war natürlich möglich, dass sie die Veränderung gar nicht richtig wahrnehmen würde, doch zwingen konnte und wollte ich sie nicht. Ein wacher Moment nur, in dem sie Tom bemerkte, reichte unter Umständen aus, um sie in helle Aufregung zu versetzten.

Das konnte ich ihr nicht antun. Sie aber andererseits in einem Heim unter fremder Betreuung zu wissen, behagte mir ebenso wenig.

Erika machte einen Vorschlag, den ich im Stillen schon in Erwägung gezogen hatte. Sie würde sich in Zürich weiterhin um meine Großmutter kümmern.

Ich hatte vor, meinen Wohnsitz ins Tessin zu verlegen und mit Tom die Casa Florale zu beziehen. Im Gegenzug wollte ich so oft wie möglich meine Großmutter in Zürich besuchen. Glücklich war ich über diese Lösung nicht, plagte mich doch das schlechte Gewissen.

Aber ich war nun verheiratet. Und zwar mit einem Mann, von dem ich wusste, dass er bei Granny massive Aggressionen auslöste, wenn sie ihn sah. Einige Male versank ich in Grübeleien, wenn ich überlegte, warum sie Tom nicht mochte. Es war mir schleierhaft.

Eines Morgens, wir saßen gerade beim Frühstück, fragte ich Tom, ob er sie jemals getroffen hätte: »Sie hat solche Antipathien gegen dich, das finde ich seltsam. Oder hast du dich gar einmal mit ihr gestritten?«

»Nein«, antwortete Tom mürrisch.

Ich hatte schon längst gemerkt, dass er sich nicht gerne ausfragen ließ.

»Auf der Beerdigung meines Vater bin ich ihr begegnet. Sonst nicht,« glaubte er sich zu erinnern. »Außerdem weißt du doch, dass sie nicht mehr ganz beisammen ist, oder?«

Er faltete seine Zeitung ordentlich zusammen, stand ohne weiteren Kommentar auf und verschwand im Bad. Und ich hatte mal wieder den richtigen Moment versäumt, ihm auf seine Grobheiten etwas Passendes zu erwidern. Verärgert fiel mir auf, dass mir das neuerdings häufiger passierte.

Voller Elan ging ich in Locarno ans Werk, um im Hause meiner Eltern einiges zu verändern. Ich stürzte mich begeistert auf die Inneneinrichtung. Im mediterranen Stil wollte ich alles ausstatten. Ich ließ alle Wände des Hauses mit Wischtechniken in zartem Gelb und Lachs verändern.

Ein Raum erhielt sogar einen türkis-blauen Anstrich. An den Wänden hingen kleine Muscheln und Seesterne. Die Möbel waren aus Korb und überall lagen in Türkis und Creme gemusterte Kissen in verschiedenen Größen herum und luden zum Verweilen ein. Palmen in großen Tonschalen rundeten das Bild ab. Dieser Raum war dem Bootssteg am nächsten gelegen und sollte den Bezug zum Wasser erhalten. Verließ man ihn durch die Terrassentür, brauchte man nur wenige Schritte bis zum See.

In diesem Haus sollten wir uns wohlfühlen.

Zu meinem Leidwesen honorierte Tom meine Bemühungen kaum. Er, der sonst ein geschultes Auge für Design und Farben hatte, rang sich nur mühsam zu einem Lob durch und fügte eine Entschuldigung für sein fehlendes Interesse gleich hinzu. Ich versicherte ihm großmütig, dass es überhaupt kein Problem wäre, aber innerlich war ich doch sehr enttäuscht.

Mich wunderte auch, gelinde gesagt, wie ein Mensch so viel Energie und Ideen in das Entwerfen von Booten und deren Ausstattung stecken konnte und für die Einrichtung seiner Wohnung keinen Blick verschwendete.

In den nächsten Wochen fuhr ich öfter nach Zürich, um meine Großmutter wiederzusehen. Diese Besuche waren aber eher deprimierend, denn die Krankheit raubte ihr immer mehr Lebenskraft und Persönlichkeit. Ich vermisste Grannys klaren Verstand und weinte oft bittere Tränen, wenn ich ihren Zustand sah.

Gegen Ende des Sommers war das Haus fertig eingerichtet. Wir planten eine Einweihungs-Party, um unseren Bekanntenkreis zu vergrößern. So machte ich Termine mit der Floristin, dem Catering-Service und der Druckerei, die unsere Einladungen herstellen sollte. Ich besorgte eine Vier-Mann-Band, die versprach, tolle Musik zu spielen und hoffte auf den Wettergott, dass er es an dem Abend gut mit uns meinen möge.

Alles lief wie am Schnürchen, obwohl dieser Anlass meine erste große Party war, für die ich verantwortlich war. Nur eines vergaß ich: mein Abendkleid.

Ich hatte es in einem Geschäft in Ascona gekauft, an dem ich zufällig vorbeikam. Ein zartgelber Traum aus Seide, dem Stil einer Tunika nachempfunden. Es sah aus, als ob es nur aus einer langen, in sich gerafften Stoffbahn bestünde, die mehrfach raffiniert um den Körper geschlungen war. Es war bodenlang, tief dekolletiert und endete in einer Stoffbahn, die über der linken Schulter alles zusammen hielt. Das Kleid war für mich zu lang und musste gekürzt werden. Dummerweise vergaß ich einfach, es abzuholen.

Ich machte das Beste daraus und entschied mich, ein älteres Kleid zu tragen. Wie konnte ich ahnen, dass dieses Kleid der Anlass für den nächsten richtigen Streit zwischen Tom und mir sein würde.

Er wusste von dem neuen Kleid und erwartete natürlich, mich darin zu sehen: »Du musst dich jetzt langsam umziehen, Greta, es kann sein, dass gleich die ersten Gäste eintreffen. Warum machst du das ausgerechnet heute auf den letzten Drücker?«

Er sah skeptisch das klassische Etui-Kleid an, das ich trug.

Schlagartig bekam ich Magenschmerzen. Ich ahnte, Tom würde mir Probleme machen, wenn er erfuhr, was es mit meinem Abendkleid auf sich hatte.

Ich rang mit mir, auf der Suche nach einer plausiblen Ausrede: »Du wirst es für eine mittelschwere Katastrophe halten, wenn ich dir sage, dass ich im ganzen Party-Stress vergessen habe, mein Abendkleid abzuholen. Ich, ich hatte einfach zu viel zu tun«, stotterte ich verlegen.

Wie befürchtet, klang Toms Stimme verärgert, als er antwortete: »In den letzten Tagen habe ich dir mehrfach geraten, auch mal Arbeit abzugeben. Du hattest genügend Personal zu Verfügung, das dir hätte helfen können. Aber nein, in Erwartung des Verdienstkreuzes hat die Gnädigste keine Arbeit gescheut. Nur die, ihr eigenes Abendkleid abzuholen, das ihr als Gastgeberin zugestanden hätte. Und selbst das hättest du delegieren können. Mit diesem biederen Kleid, das du trägst, ist dir ein peinlicher Auftritt garantiert. Du siehst unmöglich aus.«

Es war, als ob aus seinem Mund Schlangen und Spinnen

quollen. Er meinte sogar, es würde mich ältlich und dick machen. Tom hatte offensichtlich keine Probleme damit, mir Kränkungen an den Kopf zu werfen. Ich drehte mich um, wollte nur fort von seinen Gemeinheiten.

Er rief hinter mir her, als ich die Treppe hoch lief: »Die Leute werden bestimmt glauben, ich habe dich nur deines Vermögens wegen geheiratet, wenn du so unattraktiv auf der Party erscheinst.«

Ich blieb stehen und setze mich auf die oberste Treppenstufe. Mir zitterten die Beine vor Aufregung, aber meine Stimme war fest, als ich ihm wütend antwortete: »Das würde mich nicht wundern, mein Lieber. Ich glaube es ja auch bald, so wie du mich behandelst. Aber das wird sich ändern.«

Vor Aufregung bekam ich schlecht Luft und musste kurz innehalten: »Ich habe vor, eine Stiftung ins Leben zu rufen. Ich brauche den größten Teil meines Geldes nicht und will es sinnvoll einsetzen. Damit wäre auch der Makel beseitigt, der dich so offensichtlich stört. Kein Mensch denkt dann noch, du wärst ein Mitgiftjäger!«

Ich griff nach dem Treppengeländer und zog mich enttäuscht an ihm hoch.

Mich wunderte, dass er nicht auf meine Boshaftigkeit reagierte, sondern unberührt von meiner Ankündigung weitersprach, als ob ich lediglich einige Sachen zur Altkleidersammlung geben wollte: »Ich glaube jedenfalls nicht mehr an den Erfolg dieses Abends. Du schaffst es ja nicht einmal dich einigermaßen geschmackvoll zu kleiden, geschweige denn zu organisieren, dein Abendkleid rechtzeitig von der Schneiderin abzuholen.«

Er warf mir einen verächtlichen Blick zu und verließ den Raum.

Tief gekränkt ging ich in mein Ankleidezimmer und zog den schwarzen Catsuit an, den ich für die Hochzeitsreise gekauft hatte, mich aber doch nicht traute zu tragen.

Er schien mir einfach zu gewagt. Ich hatte ihn mit dem Vorsatz gekauft, für Tom besonders sexy zu sein. Er war nachtschwarz, hatte vorn und hinten einen sehr tiefen Ausschnitt. Beinahe konnte man meinen Bauchnabel sehen. Er war ganz auf Figur geschnitten, lediglich das Hosenteil war im Marlene-Stil weit ausgestellt. Dazu trug ich seidene High-Heels, die aus dem gleichen Material wie der Anzug waren.

Mit einem großen Pinsel trug ich goldenen Glimmer auf Dekolleté und Rücken auf und auf die Lippen strich ich verführerisches Gloss. Meine Haare, die mittlerweile bis zur Mitte des Rückens reichten, schüttelte ich wild auf und sprühte Haarlack hinein, um der Mähne Halt zu geben.

Zum Schluss legte ich eine Perlenkette an, die aus der Schmuckschatulle meiner Mutter stammte. Sie war so lang, dass ich sie erst zweimal um den Hals wickeln musste, damit das Ende der Kette nicht zu tief fiel.

Ich wühlte ein wenig in der Schatulle und fand noch Perlstecker und einen Ring mit einer Perle darauf.

Mir selbst mit einem letzten Blick in den Spiegel aufmunternd zulächelnd, ging ich nach unten, um die letzten Vorbereitungen im Auge zu behalten.

Denn trotz unseres Streits musste die Party natürlich stattfinden. Ich schluckte die aufsteigenden Tränen herunter. Jetzt fehlte mir noch, so dachte ich traurig, dass Tom mit seiner gehässigen Prophezeiung Recht behalten würde.

Aber meine Sorge war unbegründet. Die Party gelang, obwohl er sich den restlichen Abend kaum um mich kümmerte.

Kurz sah ich seinen überraschten Blick, als er mich in meinem neuen Dress erkannte. Nur einen Moment allerdings zuckte es erstaunt in seinen Augen.

Ansonsten ließ er mich kalt abblitzen, wenn ich den

Versuch wagte, mich ihm zu nähern. Ich hatte Bedenken, er würde sich nicht scheuen, mich in aller Öffentlichkeit bloßzustellen. Ich wusste nicht, was in ihn gefahren war.

Nur wegen eines Kleides so viel Ärger. Mich beunruhigte sehr, wie kalt er sein konnte. Das ließ keinen Platz für Versöhnung.

Als der letzte Gast das Haus verlassen hatte, ging ich sofort hinauf ins Schlafzimmer. Beinahe alle Gäste, die wir geladen hatten, waren auch gekommen. Ich fühlte mich ausgelaugt vom Austausch der unzähligen Höflichkeiten, die von mir als Gastgeberin erwartet wurden. Ich war Kilometer innerhalb unseres Hauses gelaufen, in dem Bemühen, den Abend erfolgreich werden zu lassen.

Erschöpft zog ich mich aus, schlüpfte unter die angenehm kühlen Laken des Bettes und wartete. Wartete auf Tom.

Obwohl ich müde war, wusste ich, dass ich noch lange zu keinem erholsamen Schlaf finden würde. Zu sehr hatten mich die vergangenen Stunden aufgewühlt. An diesem Abend hatte ich eine Seite von Tom kennen gelernt, die mir bisher vorborgen geblieben war. Oder sagen wir, fast verborgen, korrigierte ich mich im Stillen. Nur einmal in Irland, als wir bei den Klippen picknickten, war er auch plötzlich seltsam verletzend gewesen. Ich versuchte an andere, schönere Dinge zu denken, aber es gelang mir nicht.

Irgendwann kam Tom. Ich wusste nicht, wie spät es war. Wie lange ich schon dort lag, aber ich hörte, wie er sich auszog und ins Bad ging. Als er einige Minuten später ins Bett kam, drehte er sich sofort in seine Schlafposition und rührte sich nicht mehr. Ich hüstelte extra leise, um ihm zu verraten, dass ich noch nicht schlief und sortierte umständlich das Laken.

In der Zeit, in der ich wach im Bett gelegen hatte, hatte ich irgendwann angefangen, mir Ausreden für Toms Verhalten einfallen lassen. Irgendwie die Szene, die er mir gemacht hatte, zu entschuldigen. Ich wusste, Anlässe wie der heutige zehrten an seinen Nerven. Mittlerweile war ein großer Teil meines Zorns verraucht. Ich war zur Versöhnung bereit. Ich liebte Tom und wollte Frieden. Aber schon nach ein, zwei Minuten hörte ich seinen ruhigen und gleichmäßigen Atem. Er hatte also nicht vor einzulenken.

Während der Party hatte ich die begehrlichen Blicke verschiedener Gäste gespürt, die auf mir ruhten. Ich wusste, ich sah sexy aus. Auch die Blicke Toms hatte ich immer wieder bemerkt. Sie verrieten, dass ihn mein Anblick in Erregung versetzte. So glaubte ich wenigstens. Oder hatte er auf diese Weise etwa nur kontrolliert, ob ich alles im Griff hatte?

Wieder spürte ich Zorn aufsteigen. In dieser Nacht weinte ich mich leise in den Schlaf, und als ich morgens erwachte, war Tom schon zur Arbeit aufgebrochen. Mich traf es sehr, dass er nicht versucht hatte, ein Gespräch herbeizuführen. Was war denn im Grunde schon passiert?

Zwischen Wut, Enttäuschung und Unverständnis schwankend, stopfte ich das Nötigste zusammen. Dreißig Minuten später saß ich im Auto. Ich hatte das starke Bedürfnis, einmal seine Gefühle in Aufruhr zu versetzen. Wenn er abends zurückkäme, würde er das Haus verlassen vorfinden. Jawohl, dachte ich, auf Rache sinnend, leiden sollte er.

Problemlos erreichte ich Zürich und fuhr ohne Umwege zu meiner Großmutter. Ohne den Grund zu kennen, ahnte ich schon vorher, dass mich in ihrem Hause eine Rose erwarten würde. Sie lag, wie schon einmal zu meiner Internatszeit, auf dem Kopfkissen meines Bettes. Blutrot hob sie sich scharf vom weißen Hintergrund des Bettes ab. Diesmal schaute ich sie genauer an, denn mir fiel sofort auf, dass der goldene Draht, der sonst nur um das Ende des Stiels gewickelt war, nun sicherlich die Hälfte bedeckte. War das ein Zufall oder gewollt? Was sollte das nur? Wer spielte hier mit mir?

Ich sah mich in dem Zimmer um. Mein Blick fiel auf die vielen bunten Schmetterlinge, die vereinzelt oder auch zu mehreren die weißen Wände des Zimmers schmückten. Ich hatte sie mit Granny zusammen gebastelt. Maßgeblich ich hatte sie mit Wasserfarbe auf Papier gemalt und dann trocknen lassen. Anschließend mussten sie noch ausgeschnitten und die Flügel etwas abgeknickt werden. Sie waren von unterschiedlicher Größe. Manche so groß wie ein Handteller, andere wie die ganze Hand.

Granny konnte sich nicht mehr gut auf das Basteln konzentrieren, aber das Anbringen an die Wand machte ihr viel Spaß. Mit doppelseitigem Klebeband befestigten wir sie. Nach langer Zeit lachte sie wieder richtig vergnügt. Sie lief im Raum auf und ab und klebte mal hier, mal dort einen Falter an die Wand. Sie so zu sehen, bedeutete mir viel.

Ganz in Gedanken daran verließ ich das Zimmer, das ich während meiner Besuche in diesem Hause bewohnte und machte mich auf die Suche nach Erika, die jetzt meine Einliegerwohnung nutzte.

Sie lebte in dieser Zeit ganz in Grannys Haus. Ihr stand einfach mehr Wohnraum zu. Für meine Besuche genügte mir ein Zimmer vollkommen.

Als ich sie fand, fiel mir wieder die Rose ein und ich fragte ganz beiläufig: »Habt ihr heute Besuch gehabt? Oder war sonst jemand im Hause?«

»Nein,« antwortete sie nachdenklich, »Nicht dass ich wüsste. Fehlt hier was, oder warum fragst du?«

Ich drehte mich schnell ab und hob einen Teelöffel auf, der unter dem Esstisch lag. Lapidar sagte ich: »Nur so! Wie geht es dir gesundheitlich, Erika?«

Ich sprach immer noch nicht gerne mit jemandem über die Rosen. Ich wusste insgeheim, jeder hätte die gleiche Verehrer-Theorie hervorgebracht, wie Tom sie mal geäußert hatte.

»Alles im grünen Bereich,« antwortete sie in ihrer burschikosen Art. »Es ist gut, dass du da bist. Die Geschäfte haben bis zur Mittagspause noch eine Stunde geöffnet. Ich würde gerne schnell etwas besorgen. Heute habe ich es nicht gewagt, deine Großmutter ohne Aufsicht hier zu lassen, und die Putzfrau kommt erst morgen wieder. Granny hat heute einen besonders schlimmen Tag: Sie schimpft immerzu, na ja, du weißt schon.«

Ich zögerte eine Sekunde, stimmte ihrem Wunsch dann aber zu: »Geh' nur und zwar ganz in Ruhe. Hast du schon das Mittagessen gekocht oder soll ich etwas zubereiten?«

Erika ging zum Kochherd und hob den Deckel vom Topf. Sie schmunzelte und zeigte auf den Inhalt, der unschwer als Bündener Gerstensuppe zu erkennen war: »Kein feudales Menü. Habe ich gestern gekocht. Ich dachte, es würde nicht schaden, auch heute noch mal davon zu essen. Ich habe mal wieder wie für eine ganze Kompanie gekocht,« sagte sie über sich selbst ziemlich belustigt.

Plötzlich merkte ich, wie mir der Magen knurrte.

Meinen Bauch reibend, beruhigte ich sie: »Suppe ist perfekt. Du hast da zufälligerweise meine Lieblingsspeise auf dem Herd.«

Erika griff nach ihrer Handtasche, drehte den Herd an und schob den Topf auf die richtige Platte. Blitzschnell drehte sie sich um und winkte zum Abschied mit der Hand. Meine Güte, dachte ich belustigt. Eines Tages überholt Erika sich noch selbst. Bei der Vorstellung musste ich laut auflachen.

Viel besser gelaunt als noch am Morgen, füllte ich die mittlerweile heiße Suppe in tiefe Teller, schnitt außerdem Brot in Scheiben und stellte alles auf ein Tablett. Dann schaute ich mich suchend in der Küche um und wurde fündig.

Vor dem Küchenfenster rankten schon seit eh und je bunte Wicken. Ich öffnete es und zupfte schnell einige Blüten von dem Gewächs, das in den Fensterrahmen hineinragte, und legte sie um die Teller herum.

So gerüstet und mit einem Lächeln auf den Lippen, machte ich mich auf den Weg in den Garten. Von Erika wusste ich, dass meine Großmutter dort in ihrem Lieblingsstuhl lag und vor sich hin döste. Alle anderen Gedanken schob ich wie immer zur Seite.

Ich war auf dem besten Wege, diese Technik zu perfektionieren. »Gedankenbeiseiteschieberin« nannte ich mich selber.

Ich machte es wie Scarlett O'Hara in dem Roman »Vom Winde verweht«, die sagte: »Verschieben wir es auf morgen. Morgen ist auch noch ein Tag!«

Wie erwartet, lag sie im Garten. Von oben geschützt durch einen Baum, der gleich einem Sonnenschirm sein Dach so weit aufspannte, dass darunter bequem zwei Liegestühle Platz fanden.

Über Jahrzehnte hatten Gärtner diesen Baum so beschnitten, dass man sogar aufrecht darunter stehen konnte. Es war herrlich unter seinem dichten Laubdach zu liegen. Es spendete Schatten und fing auch einen kleinen Regenschauer auf. Manchmal, wenn der Wind stärker durch die Blätter wehte, konnte man glauben, Meeresrauschen zu hören. Man musste nur die Augen schließen, seine Gedanken Richtung Küste lenken und anfangen zu träumen.

Meine Großmutter erwachte augenblicklich, als ich sie mit leiser Stimme ansprach. Sie freute sich, mich zu sehen. Auch wenn sie mich nicht erkannte, war sie guter Laune.

Mit der Zeit hatte ich mich daran gewöhnt, dass sie mich meistens siezte. Oft fragte sie mich, wer ich sei und wartete dann keine Antwort ab. Ich half ihr auf und setzte mich mit ihr an den Gartentisch, der auf dem hinteren Teil der Terrasse stand. Sie aß die Suppe mit Appetit und sprach über frühere Zeiten.

Über Zeiten, die lange vergangen waren. Besonders, wenn sie aus ihrem nachmittäglichen Schlaf erwachte, beschäftigten sie ihre Erinnerungen sehr. Waren sie schlecht, war ihre Stimmung dementsprechend.

Heute jedoch war sie aufgeräumt. Sie erzählte von ihrer früheren Lehrerin, Fräulein Lange, die ihren Geschwistern und ihr Privat-Unterricht gegeben hatte.

Granny schilderte manchmal Erlebnisse, von denen ich wusste, dass sie sich in etwa so zugetragen haben mussten. Als ich noch ein Kind war, bat ich sie oft, Geschichten aus ihrer eigenen Kindheit zu erzählen, daher kannte ich besonders Fräulein Lange schon.

Seltsamerweise entsprachen aber nur ihre Kindheitserlebnisse den Tatsachen. Aus vielen anderen Erzählungen konnte ich mir keinen Reim machen, so verworren waren sie.

Aber zurück zu Fräulein Lange. Mein Urgroßvater war ein bekannter Musiker. Er reiste viel und seine ganze Familie mit ihm. Er war nicht bereit, auch nur ein Gastspiel ohne sie zu geben. Deshalb erhielten meine Großmutter und ihre beiden Brüder Privatunterricht, eine richtige Schule hatten sie nie besucht. Granny hatte ihre Lehrerin sehr gemocht. Sie war abenteuerlustig, unternehmungsbereit und hatte das Herz stets auf dem rechten Fleck.

Wenn das Wetter es zuließ, verlegte sie den Naturkundeunterricht in den Wald. Biologie gab sie in Zoos und Geschichte versuchte sie Granny und ihren Brüdern in den verschiedensten Museen zu vermitteln. Sie waren ja ständig in fremden Ländern unterwegs und so kamen auch Sprachen nicht zu kurz.

Die Kindheit meiner Großmutter war rasant. Ich hatte jedoch keinen Zweifel daran, dass sie glücklich gewesen war. Nach dem Essen half ich ihr wieder zurück auf die Gartenliege, wo sie auf der Stelle mit einem Lächeln auf dem Gesicht einschlief.

Ich hockte noch einen Moment neben ihr und streichelte sanft über ihre gebrechlich wirkende Hand. In mir stiegen Tränen hoch. Zu überwältigend war der Wunsch nach einer Großmutter, die geistig gesund war, mit der ich noch viele schöne Jahre verleben konnte.

Mir wurde plötzlich bewusst, wie allein ich war. Wie alleine ich immer schon gewesen war. Das brachte mir Tom in Erinnerung. Meinen geliebten, eiskalten Tom. Seufzend stand ich auf, nahm das Tablett mit den leeren Suppentellern vom Tisch und machte mich auf den Weg in die Küche.

Als ich das Geschirr abgewaschen hatte, kam Erika auch schon zurück.

Fröhlich rief sie: »Habe doch alles, so schnell es ging, erledigt, Greta. Meine Güte, war das ein Gedränge.«

Mit einem lauten Seufzer hievte sie die Einkäufe auf den Küchentisch. »Hat Granny gut gegessen?«

Sie hob den Deckel vom Suppentopf und schaute skeptisch hinein. »Na, das sieht ganz so aus, als ob ihr mir noch etwas übrig gelassen hättet,« sagte sie ganz erfreut. Sie wirbelte in der Küche umher, und ehe ich mich versah, waren alle Lebensmittel schon ausgepackt und verstaut.

Ich nahm eine Suppenkelle und füllte Suppe in einen der Teller, die ich gerade abgewaschen hatte.

»Du hast dir jetzt wirklich etwas Nahrhaftes verdient. Setz dich doch erst mal und iss was. Ich mache uns inzwischen eine Tasse Kaffee. Granny ist nach dem Essen wieder eingeschlafen, du hast also noch Zeit genug, bevor du sie für den Abend fertig machen musst.«

Ich war froh, dass Erika so schnell wieder zu Hause war, denn tatsächlich war ich nicht mehr gerne allein mit Granny.

Erika wusste das offensichtlich, denn Großmutters Verhalten war durch die Krankheit sehr unberechenbar geworden. Ihren oft wechselnden Stimmungen fühlte ich mich nicht gewachsen und war dankbar, gerade dann auf Erikas Hilfe zurückgreifen zu können. Im Umgang mit meiner Großmutter machte mich das sicherer, obwohl ich mich mit dieser Erkenntnis nicht gerade besser fühlte. Insgeheim kam ich mir sehr untüchtig vor.

Ich sollte mich aber noch schlechter fühlen, denn an diesem Abend ging meine Großmutter zu Bett und wachte nicht wieder auf.

Der Arzt sagte mir am nächsten Morgen, dass irgendwann in der vergangenen Nacht ihr Herz aufgehört hätte zu schlagen. Einfach so. Sie wäre in den Schlaf gefallen, ohne sich seiner tiefen Endgültigkeit bewusst gewesen zu sein.

Es war gut so, redete ich mir ein. Gut so, weil sie nicht gelitten haben soll.

Gelitten hatte sie in den Jahren zuvor, als es mit ihrem Verstand oft auf Messers Schneide stand. Als sie genau merkte, wie sie geistig abbaute und diesem Wissen ausgeliefert war. Jetzt war sie tot, tot, tot.

Immer wieder sagte ich mir, wie unwürdig doch ihr Leben in der letzten Zeit gewesen war. Sich nicht mehr alleine waschen und zur Toilette gehen zu können. Die Kontrolle über die eigenen Gedanken zu verlieren. Zu bemerken, wie die Erinnerungen verblassen und einen einsam in einer leeren Welt zurücklassen.

Vor einigen Wochen noch hatte mir ihr behandelnder Arzt klargemacht, dass Granny womöglich nur noch Monate, eventuell aber noch Jahre, leben könnte. Auf jeden Fall würde die Alzheimer Krankheit weiter fortschreiten.

Wir konnten nichts dagegen tun. Zuletzt würde sie ihre

Tage wohl im Krankenhaus verbringen, denn viele Menschen, bei denen die Krankheit weiter fortgeschritten war, wollten keine Nahrung mehr zu sich nehmen. Sie verließ einfach der Appetit und somit auch die Lebenskraft. In meiner Gesellschaft hatte Granny gestern Mittag gut gegessen. Unaufhörlich sprach sie von ihrer Kindheit und war guter Dinge.

Für mich kam ihr Tod sehr plötzlich, er traf mich wie ein Faustschlag in die Magengrube. Nachdenklich ging ich zu ihrem Lieblingsplatz unter dem Laubdach im Garten. Wie damals bei meinen Eltern, zerrte alles an mir wegzulaufen. Weg von dieser grausamen Wahrheit.

Natürlich war mir schon lange bewusst, daß eine solche Situation jederzeit eintreten konnte.

Wie in einem Kitschroman hatte ich immer gehofft, meine Großmutter würde mich zu guter Letzt doch noch wiedererkennen. Gegenseitig würden wir tröstliche Worte finden – und uns dann loslassen.

Ich glaube, dass sie in Wahrheit schon vor langer Zeit gestorben war. Die Granny, die ich jetzt zu Grabe tragen musste, war durch ihre Krankheit wie der Hauch des Parfüms eines geliebten Menschen, der einen streift. Es ist aber nur der Hauch, der die Erinnerung an Gefühle und Begebenheiten heraufbeschwört, nicht der Mensch selber. Im Grunde eine Illusion.

Ich schickte Tom nur eine E-Mail, um ihn von Grannys Tod zu informieren. Die Kraft, die mich ein Telefonat mit ihm gekostet hätte, konnte ich nicht aufbringen. So bat ich ihn in der Mail sogar, nicht zu ihrer Beerdigung zu erscheinen.

Schon zu Lebzeiten hatte meine Großmutter alles festgelegt, was in ihrem Todesfalle zu regeln wäre. So sollte die Beerdigung nur im engsten Kreise stattfinden und das waren Erika, Herr Schumann und ich.

Granny bestimmte, dass nur ein einfaches Holzkreuz, mit ihrem Namen versehen, ihr Grab kennzeichnen sollte.

Herr Schumann berichtete uns, dass er perplex gewesen war, als Granny vor Jahren bei der Besprechung ihres Testamentes sagte: »Herr Schumann, auf meinem Grab möchte ich keinen pompösen Stein mit goldener Inschrift. Nur ein Kreuz aus Holz, mit meinem Namen versehen. Im Leben bin ich immer wohlhabend gewesen, im Tode will ich gleich sein – mit allen. Sonst werde ich womöglich noch ausgeraubt,« hatte sie ziemlich pietätlos hinzugefügt.

Von ihrem Vermögen überließ ich Erika einen Teil, der ihr Leben deutlich einfacher machen würde. Sie plante zu ihrer Schwester nach München ziehen, die sich schon sehr auf ihr Kommen freute.

Der große Rest ging in meinen Besitz über. Jetzt war ich wirklich eine sehr reiche Frau. Eine Frau, die allerdings nichts Reales damit anzufangen wusste. Später erst sollte ich erfahren, dass es jemanden gab auf der Welt, der diese Entwicklungen mit großem Interesse verfolgte.

In den folgenden Tagen bekam ich Tom nicht zu Gesicht. Auf meine E-Mail, die ich ihm zum Tode meiner Großmutter schickte, meldete er sich einen Tag später telefonisch.

Ich war sachlich und kurz angebunden, mein Schutzschild gegen Liebeskummer. Er bot mir seine Hilfe an, ohne jedoch persönlich zu werden. Deshalb lehnte ich höflich ab.

Mit mühsam unterdrücktem Zorn in der Stimme beendete er unser Telefonat. Es störte ihn wohl, dass ich ihn nicht in Zürich haben wollte. Ich hatte mir geschworen, ihn einige Zeit schmoren zu lassen.

Die verschiedensten Dinge, die im Zusammenhang mit dem Ableben meiner Großmutter standen, mussten organisiert und erledigt werden.

Stimmungsmäßig auf dem Nullpunkt, versuchte ich die Gedanken an Tom wegzuschieben und sortierte weiter die Unterlagen, die ich in Grannys Schreibtisch fand.

Wie immer hatte ich vor, Herrn Schumann mit der Abwicklung meiner Angelegenheiten zu beauftragen. Am nächsten Tag schon waren wir in seiner Kanzlei verabredet. Es mussten Akten gesichtet und Konten aufgelöst werden. Alleine war ich damit völlig überfordert.

Unbewusst drehte ich an meinem Ehering, der seit einigen Tagen ungewöhnlich fest auf dem Finger saß. Er störte mich, und ich stand auf, ging zum Waschbecken, um ihn mit Hilfe von Seife abzuziehen. Vielleicht stimmte etwas mit meiner Durchblutung nicht, dachte ich. Deshalb waren die Finger womöglich geschwollen.

Mit aller Kraft drehte und zog ich ungeduldig an dem Ring. Erleichtert spürte ich, wie er über den Knochen des mittleren Gelenkes rutschte und – im Ausguss des Beckens verschwand. Ich versuchte noch nach ihm zu greifen. Vergebens, denn meine Finger waren zu glitschig.

Erschrocken blickte mich ein Augenpaar an, dass sich als das meinige im darüber hängenden Spiegel erwies.

Einige Minuten später machte ich mich mit einer Rohrzange und einem leeren Eimer bewaffnet ans Werk, meinen Ehering zu retten, bevor er die Reise in die Kanalisation antrat und auf Nimmerwiedersehen verschwand.

Während meiner Internatszeit konnte ich während des Unterrichts verfolgen, wie unser Hausmeister einen kleinen Schlüssel hervorzauberte, der zuvor ins Waschbecken gefallen und im Abfluss verschwunden war.

Gelobt sei der Hausmeister, denn einen Moment später hielt ich meinen Ring wieder in den Händen. Ich legte ihn beiseite und nahm mir vor, ihn etwas weiten zu lassen. Diese Gedanken führten mich wieder zu Tom zurück.

Es hatte mich sehr gestört, dass Tom während unseres Telefonates mit keinem klärenden Wort zu unserer Versöhnung beitragen wollte. Verdammt, sollte das jetzt ewig so gehen?
Dieser Streit hatte den Zauber der Verliebtheit zerstört. Ich liebte Tom noch immer, natürlich, aber jetzt schmerzte etwas tief in mir, wenn ich an ihn dachte. Unsere Beziehung war nicht mehr unbelastet.
Im Geiste hing ich unzähligen Dialogen nach, die Tom und ich ausfechten würden. Abschließend schwang Tom dann einsichtig die weiße Fahne und nahm mich liebevoll in seine Arme; oder er machte mich rhetorisch fertig, und ich gab hinterher klein bei; oder er warf mir gar theatralisch seinen Ehering zu Füßen und verließ mich. Die Gedanken an eine derartige Möglichkeiten ließen heiße Tränen in mir aufsteigen. So ergoss ich mich noch einen Augenblick in Selbstmitleid.
Zum Glück kam mir ein Ausspruch meiner Großmutter in den Sinn, der da hieß: »Mach dich selten – wirst was gelten«. Und genau das hatte ich vor!

Erst eine Woche später machte ich mich auf den Weg nach Locarno. Wieder per E-Mail, kündigte ich meine Heimkehr an. Tom meldete sich nicht in dieser Zeit. Meine Rechnung ging also nicht auf.
Zu Hause begrüßte mich ein bunter Strauß Blumen, der auf meinem Nachttisch stand. Er reichte aus, um mich froher zu stimmen. Langsam kehrten wir zur Normalität zurück, so hoffte ich. Das hieß, wir sprachen über alltägliche Dinge, nur unsere Gefühle ließen wir außer Acht. Tom vermied es merklich, sich mit mir auszusprechen. Mir bereitete diese Haltung großen Kummer, denn ich sehnte mich nach Zuneigung.

Eines Abends, wir saßen auf der Terrasse und schauten auf den See, äußerte ich das Dümmste, das mir in unserer angespannten Situation einfallen konnte.

Ich war selbst ganz überrascht, als ich mich sagen hörte: »Ich möchte ein Kind, Tom. Bald!«

Nervös knibbelte ich an dem Häutchen eines Fingernagels herum.

»Du weißt, wie sehr ich mir eines wünsche. Wir sind jetzt fast ein Jahr verheiratet und ich …«

Mir stockte der Atem, als Tom eilig aufstand und an die Mauer trat, an die in rhythmischen Wogen das Wasser klatschte.

Ich verdrehte die Augen ob meiner unbedachten Bemerkung. Ich hätte mich selbst ohrfeigen können, weil ich dieses Thema in so einem unpassenden Moment angeschnitten hatte.

Tom nahm die Weinflasche aus dem Kühler, der auf dem Tisch stand und schenkte uns beiden nach.

Nachdenklich schüttelte er den Kopf, bevor er sprach: »Ich dachte, das Thema sei bis auf weiteres auf Eis gelegt. Wir wollten noch zwei bis drei Jahre damit warten, und ich sehe keinen Grund, diese Entscheidung umzuwerfen. Kauf dir doch einen Hund, wenn du zu einsam bist.« Seine Stimme troff vor Häme, als er das sagte.

Ich stand so heftig auf, dass der Stuhl, auf dem ich saß, voller Wucht auf den Boden kippte. Seine Grausamkeit zog mir den Magen zusammen. Wieder war er so herzlos. Ich wollte ihm etwas sagen, das ihn kränkte, aber ich stand nur da und schaute ihn fassungslos an. Dann nahm ich mein Weinglas und verließ die Terrasse Richtung Bootssteg.

Ich saß noch geraume Zeit dort unten und dachte über unsere Ehe nach. Wieder einmal wurde mir klar, niemanden zu haben, dem gegenüber ich mich offenbaren konnte.

Tom hatte schon Recht mit seiner Annahme, dass ich mich einsam fühlte. Seit meiner Bindung zu ihm hatte ich alle meine Freunde sträflich vernachlässigt. Tom wollte mich nur für sich, was ich total genossen hatte und vielleicht auch als Auszeichnung verstand.

Anfänglich lud ich hin und wieder jemanden zu uns ein. Nach und nach kam aber niemand mehr, und die Anrufe für mich wurden auch immer seltener. Jetzt, wo ich in Ruhe nachdenken konnte, fiel mir erst auf, dass Tom mich meine Freundschaften wahrscheinlich bewusst nicht hatte pflegen lassen.

Grundsätzlich ließ er an keinem meiner Freunde ein gutes Haar.

Negatives erfasste er akribisch, um es mir, wenn wir wieder allein waren, als großen freundschaftlichen Mangel zu präsentieren. Dieses Verhalten war mir schon aufgefallen, aber ich hatte ihm keine böse Absicht unterstellt und verdrängte weitere Gedanken. Ich hielt ihm zugute, dass er mich vermutlich für sich allein beanspruchen wollte. Aber gerade deshalb nahm ich mir fest vor, meine freundschaftlichen Verbindungen im Tessin wieder aufleben zu lassen.

Eine Woche später bekam ich ein angemessenes Angebot für das Haus in Zürich. Ich hatte mich entschlossen, Grannys schönes Haus zu verkaufen.

Herr Schumann rief mich an und bat um einen Besichtigungstermin am nächsten Morgen. Einer seiner Klienten, ein bekannter Schweizer Talkmaster, hatte ihm zufällig von seiner Suche nach einem geräumigen und repräsentativen Haus erzählt.

Voilà, das konnte ich ihm bieten.

Es wäre ideal, wenn sich alles schnell regeln ließe. Meine Züricher Zeit war schön gewesen, sollte aber als geschlossenes Kapitel hinter mir liegen. Mit ganzer Kraft hatte ich vor, an meinem neuen Leben im Tessin zu arbeiten. Was auch immer zurzeit mit Tom los war, ich wollte es bereinigen.

Ich packte eine kleine Tasche und war froh, meinem ungemütlichen Zuhause für eine kleine Weile zu entfliehen. So verbrachte ich den Nachmittag in Zürich damit, im Hause meiner Großmutter persönliche Dinge, die ich behalten wollte, von Entbehrlichem zu trennen.

Am nächsten Morgen erschienen beide pünktlich zum vereinbarten Termin. Der Talkmaster hieß André Franken und sah wie Paul Newman in jungen Jahren aus. Er erzählte mir, dass er vorhatte, das geräumige Haus alleine zu bewohnen: »Ich suche ein Haus wie dieses hier. Sie werden sich wundern, dass ich beabsichtige, es alleine zu beziehen. Erst einmal zumindest. Es ist ein eindrucksvolles Gebäude und der Garten macht den Anschein, als wäre er über Jahre besonders liebevoll gepflegt worden.«

Sein Ansinnen, hier alleine zu wohnen, fand ich etwas seltsam, aber es ging mich schließlich nichts an!

Ich erwiderte lächelnd: »Ja, der Garten ist traumhaft schön. Sie werden eine Reihe botanischer Raritäten darin finden. Ich mache gerne gleich einen Rundgang mit Ihnen und zeige ihnen alles.«

Herr Schumann erzählte mir später, Herr Franken wäre Wochen zuvor von seiner Freundin samt Kind verlassen worden. Diese Freundin hatte ursprünglich die Suche nach einem Haus wie diesem vorangetrieben. Jetzt wollte er, wahrscheinlich aus Trotz, diese Idee nicht fallen lassen.

Ich fand ihn ausgesprochen nett und hatte nichts dagegen, ihm das Haus zu verkaufen. Herr Schumann war sichtlich verwundert, als Herr Franken und ich plötzlich anfingen, über den Preis zu verhandeln.

Ich bemerkte seinen erstaunten, aber auch erheiterten Blick und überließ dann alles Weitere ihm.

Als Herr Franken sich kurz darauf verabschiedete, bat er mich um einen Tag Bedenkzeit. Ich schlug ihm vor, sich bei aufkommenden Fragen einfach mit Herrn Schumann oder mir in Verbindung zu setzen.

Er gab mir zum Abschied lächelnd die Hand und schaute mir dabei einen Moment zu lange in die Augen. Herr Schumann berührte ihn sacht am Arm und verließ mit ihm das Haus.

Dieser Blick, fragte ich mich. Was sollte dieser Blick? Kurz sah ich in ihm Begehrlichkeit aufleuchten und schaute verlegen zur Seite. Begehrlichkeit?

»Spinn nicht herum, Greta,« schalt ich mich selber.

Wenn er etwas begehrt, dann ja wohl das Haus! Das ist auch das Einzige, was er haben kann. Jawohl!

Komm mal wieder auf den Teppich, Mädchen! Soweit ich weiß, bist du verheiratet, auch wenn es deinen lieben Gatten zurzeit nicht wirklich interessiert.«

Zur Mittagszeit kam ein Umzugsunternehmen, das einige vorbereitete Kartons in die Casa Florale befördern sollte. Als die Kisten verladen und abtransportiert wurden, war ich froh, einen großen Teil der mir selbst auferlegten Aufgaben erledigt zu haben.

Es fiel mir nicht leicht, den Hausstand meiner Großmutter zu sortieren. Jedes Stück musste in die Hand genommen und begutachtet werden. In manchen Fällen bedeutete das auch eine schmerzliche Reise in die Vergangenheit. Besonders Fotoalben oder Reisesouvenirs, die meine Großmutter und ich teilweise zusammen ausgesucht hatten, stürzten mich in die eine oder andere Krise. Gerade in solchen Momenten vermisste ich sie sehr; habe sie schon lange Zeit vor ihrem Tode vermisst.

Als ich erleichtert die Haustür hinter der Umzugsfirma schloss, ging ich mit müden Schritten hinauf in mein Zimmer und zog die Vorhänge zu. Jetzt lag der Raum in einem angenehm gedämpften Licht.

Ich entschied mich, die Mittagszeit zu nutzen und mich etwas auszuruhen. Ich zog Jeans und T-Shirt aus, ließ sie achtlos zu Boden gleiten und genoss es seufzend, die kühle Wäsche meines Bettes auf der Haut zu spüren. In diesem Haus hatte ich mich immer völlig sicher gefühlt. Selbst wenn ich mich, wie jetzt, ganz allein hier aufhielt.

Stunden später erschien es mir merkwürdig, gerade an diesem Tag über meine Sicherheit nachgedacht zu haben.

Ich musste schon geschlafen haben, denn ich erschrak, weil mir irgend etwas den Atem nahm. In der gleichen Sekunde wusste ich, daß mir jemand heftig ein Kissen auf mein Gesicht drückte.

Ich wehrte mich mit meiner ganzen Kraft, aber es half nichts. Panikerfüllt ließ ich das Kissen los und tastete mit den Händen rudernd nach einem Gegenstand, mit dem ich schlagen konnte. Da erfasste meine rechte Hand etwas Schweres. Ich krallte meine Hand darum und schlug mit aller Kraft in die Richtung, in der ich den Angreifer vermutete.

Ich traf ihn wohl mit ganzer Wucht. Ich hörte nur ein dumpfes Stöhnen, konnte mich in dem Moment aber von ihm befreien und unter ihm wegrollen. Dabei fiel ich auf den Boden, sprang sofort wieder auf und raste schreiend nach unten in Richtung Haustür.

Ich kam nicht schnell genug vorwärts, denn ich humpelte. Hektisch drehte ich den Schlüssel, der in der verschlossenen Tür steckte, konnte sie öffnen und rannte nach draußen.

Im selben Moment stieß ich mit einem weiteren Mann zusammen und glaubte, das wäre mein Ende.

Mein Blick war tränenverschleiert, und ich konnte mehr fühlen als sehen. Ich weiß noch, dass ich versuchte mich mit einem kräftigen Schubs zu befreien. Doch ein fester Griff hinderte mich am Fortlaufen.

Schrill hörte ich mich selbst ein letztes Mal schreien, bevor ich einmal mehr in Ohnmacht fiel.

Als ich wieder zu mir kam, traute ich mich kaum, die Augen zu öffnen.

Deshalb blinzelte ich unmerklich, so hoffte ich jedenfalls und schaute mich vorsichtig um. Ich erkannte, dass ich in meinem eigenen Bett lag.

Mein Puls fing an zu rasen, als ich schemenhaft einen Mann auf der linken Bettkante sitzen sah.

Ich öffnete die Augen noch ein wenig mehr und erkannte verwundert in ihm André Franken. Jetzt erst bemerkte ich, dass er meine Hand hielt und mich so offensichtlich besorgt anschaute, dass ich mich nicht mehr bewusstlos stellen konnte.

»Was machen Sie denn hier?« fragte ich ihn skeptisch.

Erleichtert stand er auf: »Was in Gottes Namen ist passiert? Ich dachte schon, Sie wären tot. Haben Sie Schmerzen, soll ich einen Arzt rufen?«

Ich wollte ihm antworten, aber ich schaute wie gebannt auf den Gegenstand, den er in der rechten Hand hielt.

»Wo haben Sie die her?« fragte ich ihn ruhig.

Er hielt eine rote Rose hoch, deren Stiel fast bis zur Blüte mit Golddraht umwickelt war.

»Sie lag hier neben dem Bett auf dem Boden,« sagte er irritiert und legte sie auf meinen Nachttisch. Ich bat ihn, die Polizei zu rufen.

Mir war es, als ob die Rose mich anstarren würde und wendete meinen Blick ab. Wie sollte ich jemandem erklären, was es damit auf sich hatte. Mal ganz davon abgesehen, dass ich dazu gar nicht in der Lage war. Er nahm das Telefon vom Nachttisch auf der anderen Bettseite und wählte den Notruf. Einen Moment später wurde er verbunden, erklärte den Notfall, so gut er konnte.

Ich sah ihm zu, wie er den Hörer zurück auf die Gabel

legte: »Ich habe hier in meinem Bett gelegen und geschlafen,« erklärte ich ihm.

»Ich hatte den ganzen Tag im Hause Sachen sortiert und geordnet. Ich wollte mich nur einen Moment ausruhen. Jemand hat versucht, mich mit einem Kissen zu ersticken.«

Ich stockte mit meinem Bericht und schaute ihn dankbar an. »Ich habe mich mit aller Kraft gewehrt, konnte mich befreien und rannte um mein Leben.«

»Menschenskinder,« rief er schockiert.

»Sie haben mir vielleicht einen Schrecken eingejagt. Sie sind mir direkt in die Arme gelaufen, haben mich aber nicht erkannt, denn Sie versuchten mich zur Seite zu schubsen und schrieen dabei furchtbar. Dann sackten Sie plötzlich in sich zusammen wie ein Klappmesser. Ich habe Sie zurück ins Bett getragen. Ehm,« räusperte er sich verlegen.

»Sie waren nackt.«

Ich stöhnte auf. Natürlich, jetzt erst erinnerte ich mich, dass meine Bekleidung nur aus einem kleinen roten Seidenslip bestand. Also war ich fast nackt aus dem Haus direkt in seine Arme gelaufen. Ich sah ihn entschuldigend an und stammelte, dass ich ja geradewegs aus dem Bett gekommen war.

Ihn berührte die Situation auch peinlich, und ich merkte, wie dieser talkerfahrene Mann sich bemühte, unser Gespräch in Gang zu halten: »Ich bin nur gekommen, um Sie zu bitten, mir kurz den Garten zu zeigen. Das haben wir heute morgen versäumt. Mein Hotel ist hier direkt um die Ecke, und ich dachte, ich klingele einfach mal bei Ihnen und frage, ob es Ihnen gerade passt.«

Meine Kleidung lag immer noch auf dem Boden, und ich bat ihn, sie mir zu reichen. Flink hob er sie auf, gab sie mir und ging aus dem Zimmer, um, wie er sagte, die Polizei hereinzulassen.

»Herr Franken, warten Sie bitte einen Augenblick.« Er hielt kurz inne.

»Herr Franken, Sie haben mir wahrscheinlich gerade das Leben gerettet.«

Er nickte mir ernst zu und setzte seinen Weg nach unten fort.

Benommen stand ich auf und schlüpfte in Jeans und Pullover. Mein rechtes Knie wies eine große Schürfwunde auf. Deshalb hatte ich wohl gehumpelt, erinnerte ich mich. Im Bad fand ich Desinfektionsspray und Pflaster und versorgte die Wunde damit bestmöglich.

Herr Franken stand in Begleitung zweier Männer vor meinem Bett, als ich wieder das Schlafzimmer betrat. Ich entschuldigte mich kurz und ging in die Küche, um von dort aus mit Tom zu telefonieren. Er trainierte gerade auf dem Laufband, als ich ihn erreichte.

Ich konnte hören, wie das Geräusch des Gerätes verstummte, als ich ihm von dem Überfall berichtete. Während des Gespräches fing ich an zu weinen, bis die Tränen meine Stimme erstickten. Tom schwieg einen Moment und ich dachte unsere Verbindung wäre unterbrochen worden.

Auf mein Nachfragen antwortete er: »Greta, das ist ja furchtbar! Ich war einen Moment so schockiert, ich konnte nicht sprechen, verzeih. Ist jetzt die Polizei bei dir?« fragte er mich bestürzt.

»Ich komme sofort nach Zürich, du musst keine Angst mehr haben. Ich, ich liebe dich, lass uns unseren Streit vergessen, ja?«

Jetzt schwieg ich einen Moment und sagte einfach nur: »Ja!«

Bedrückt legte ich den Hörer auf und ging zurück ins Schlafzimmer, in dem mich die beiden Kommissare schon ungeduldig erwarteten.

Stundenlang hielt sich die Polizei im Hause meiner Großmutter auf. Sie verhörten mich, untersuchten das Haus auf Spuren des Täters bis in die frühen Abendstunden. Herrn

Franken entließen sie mit der Bitte, sich noch einige Tage zur Verfügung zu halten.

Als die Polizei ging, dachte ich, mir würde vor Schmerzen der Kopf zerspringen. Außerdem war mir übel, und das sicher auch vor Angst. Der ermittelnde Kommissar ordnete eine Polizeiwache für diese Nacht an.

Grübelnd ging ich in die Küche und setzte Teewasser auf.

Tom hatte mich noch einmal aus dem Auto angerufen und mir geschworen, seine Liebe zu mir wäre trotz unseres Streites unverändert groß: «Ab jetzt werde ich besser auf dich aufpassen. Nie wieder soll dir etwas geschehen. Ich liebe dich Greta. Bis gleich.»

Mit einem knackenden Geräusch in der Leitung beendete er das Gespräch. In mir keimte Hoffnung auf – glücklich war ich nicht.

Von Tom zu hören, alles sei wieder in Ordnung, erleichterte mich, denn ich liebte ihn. Trotzdem stimmte etwas nicht, das fühlte ich ganz genau.

Ich fragte mich, wie ernsthaft Toms Liebe war, denn er hatte ohne mit der Wimper zu zucken, den Kontakt zu mir über viele Tage gemieden. Ich war mir sicher, dass ihm meine Abwesenheit nicht allzu viel ausgemacht hatte.

Der Wasserkessel pfiff schrill und riss mich aus meinen Gedanken. Schnell goss ich den Tee auf und schaute durch das Küchenfenster in die dunkle Nacht.

Jetzt hieß es warten, aber es konnte nicht mehr lange dauern, bis er in Zürich war. Vielleicht noch eine Stunde.

Nur eine Stunde!

Ich war allein, und ich hatte niemanden, den ich anrufen konnte, um mich abzulenken. Meine Freunde hatte ich sträflich vernachlässigt, und das rächte sich hier wieder einmal bitterlich.

Einfach anrufen und sagen: »Hi, hier ist Greta. Ich habe mich zwar lange nicht gemeldet, aber ist doch sicher nicht weiter tragisch, oder? Übrigens bin ich heute fast ermordet worden. Unglaublich, was? Jetzt habe ich Angst allein zu sein!«

Nein, das ging wirklich nicht. Man hätte mich für durchgedreht gehalten.

Nur eine Stunde, beruhigte ich mich wieder.

Das ist nicht lang, und bis dahin passt ein Polizist auf dich auf. Die Gedanken kreisten wirr in meinem Kopf. Die letzten Tage waren zu viel für mich gewesen. Erst der Streit mit Tom und dann der schreckliche Tod meiner Großmutter.

Ich ließ den Tränen freien Lauf, aber nur ein ersticktes Schluchzen entrang sich meiner Kehle.

Wie erwartet, traf Tom eine Stunde später in Zürich ein. Nachts vertrugen wir uns – auch körperlich. Aber dieser Körperlichkeit fehlte die Wohligkeit des ehrlichen Gefühls. Unser Sex war wie eine Pflichtübung, um sich zu versöhnen. Ich konnte mich nicht fallen lassen, so wie sonst.

An diesem Nachmittag hatte ein Mann mit seinem ganzen Körpergewicht auf mir gelegen und ein Kissen auf mein Gesicht gedrückt.

Als Tom in ähnlicher Haltung auf mir lag, hätte ich ihn fast reflexartig heruntergestoßen. In dieser Nacht lag ich noch lange wach.

Am nächsten Morgen, wir saßen gerade beim Frühstück, klingelte es an der Haustür. Tom wollte aufstehen und aufmachen, aber ich winkte ab und ging selbst zur Tür.

Als Erstes erblickte ich einen großen, bunten Blumenstrauß, der aus Ranunkeln und Anemonen bestand. Meine Lieblingsblumen. Neugierig schob ich ihn mit der Hand beiseite, um den Überbringer sehen zu können. Es war »mein« Talkmaster persönlich. Ich bat ihn, hereinzukommen und uns beim Frühstück Gesellschaft zu leisten.

Seine Enttäuschung war unverkennbar, als er Tom am Tisch sitzen sah. Zu einer Tasse Kaffee konnte ich ihn dennoch überreden. Sofort brachte Tom das Gespräch auf den Überfall und bedankte sich überschwänglich bei André. Mit ihm duzte ich mich inzwischen, was Tom mit einem Stirnrunzeln zur Kenntnis nahm.

Tom versicherte André, auch er glaubte, sein Auftauchen hätte verhindert, dass der Angreifer sein Vorhaben weiter verfolgen konnte.

»Aber jetzt bin ich ja da, um auf meine Frau aufzupassen,« betonte er.

Mit beherrschter Miene, das konnte ich erkennen, blickte André zu Tom.

»Darüber bin ich sehr froh. Und ich bin froh, Ihre Frau nochmals wegen des Gartens aufgesucht zu haben.«

Er wendete sich an mich: »Weiß man inzwischen, warum du überfallen wurdest? Fehlt etwas hier im Haus?«

Wir sprachen noch kurz über den letzten Stand der polizeilichen Ermittlungen. Dann verabschiedete er sich und ging.

Tom nahm ihm vorher noch das Versprechen ab, uns im Tessin zu besuchen. Ich räumte die Küche auf, verstaute letzte Sachen in Kartons, die ich noch mitnehmen wollte und schloss die Tür sorgfältig von außen ab.

Tags darauf würde eine Putzkolonne die letzten Spuren unseres jahrelangen Lebens im Haus entfernen. Tom und ich stiegen jeder in sein Auto und wir machten uns auf den Weg nach Locarno.

Abends rief Herr Schumann an und berichtete uns, André hätte zugesagt, das Züricher Haus zu kaufen. Ich wies ihn an, den Kaufpreis um fünfundzwanzig Prozent zu mindern. Mein Dankeschön an André.

1993 – Locarno

Die nächsten Wochen und Monate verliefen sehr ruhig. Dankbar nahm ich diese Zeit an, um Erlebtes zu verarbeiten.

Die Polizei in Zürich schloss ihre Ermittlungen ab mit der Erkenntnis, dass sie keine hatte. Sie vermutete hinter dem Anschlag auf mein Leben ein versuchtes Sexualdelikt, weil keine Wertgegenstände aus dem Haus gestohlen wurden.

Es gab praktisch keinerlei Spuren oder Hinweise, die auf einen bestimmten Täter hätten schließen lassen. Seltsam war, dass es noch nicht einmal Einbruchspuren gab, die es zu sichern galt.

Die Kripo ging davon aus, eine Tür im Hause wäre nicht verschlossen gewesen und hätte dem Täter so Einlass verschafft.

Ich war mir jedoch ganz sicher, alle Türen fest verschlossen zu haben, bevor ich ins Bett gegangen war. Das tat ich schon, wenn ich das Haus betrat. Ich schloss die Tür gleich wieder von innen ab.

Es war ein Automatismus, der zu mir gehörte, wie das Zudecken, wenn ich ins Bett schlüpfte. Mir wäre es lieber gewesen, sie hätten jemanden »dingfest« machen und einsperren können.

Diese fehlende Sicherheit hinterließ in mir ein ungutes Gefühl.

Tom riet mir, das Thema baldmöglichst ad acta zu legen: »Dem Einbrecher wird die Polizei nie auf die Schliche kommen. Dieser Fall kann nicht gelöst werden. Es ist besser, du akzeptierst es langsam und schließt mit der Sache ab. Endgültig,« betonte er ungeduldig.

Mit Tom konnte ich also nicht mehr über dieses Thema sprechen, ich glaube, er war es mittlerweile leid.

In vielen Nächten wachte ich schweißgebadet auf. Im Traum hatte ich wieder gespürt, wie das Kissen auf mein Gesicht gepresst wurde. Ich fühlte den Druck auf der Haut, konnte nicht mehr atmen und dachte, meine Augäpfel würden zerquetscht. Er war wiedergekommen, um mich endgültig zu ersticken. Wach wurde ich immer, weil ich mich heftig wehrte. Sosehr, dass ich manchmal aus dem Bett fiel.

In diesen Nächten gewöhnte ich mir etwas Ungesundes an: Ich fing an Schlaftabletten zu nehmen. Für mich die einzige Möglichkeit, traumlos zu schlafen, mit der Alternative erst gar nicht einschlafen zu können.

Anfänglich verordnete ich mir selber nur ab und zu eine Tablette und nur, wenn ich längere Zeit wach gelegen hatte. Später dann wurden meine Einnahmen immer regelmäßiger.

Der hohe Konsum fing an, mir Schwierigkeiten zu bereiten, ich musste häufig die Apotheken wechseln, damit es nicht so auffiel. Immer wieder wiesen mich gut meinende Apotheker auf die süchtig machenden Eigenschaften solcher Tabletten hin. Es war ein Teufelskreis, den ich durchbrechen musste.

Morgens kam ich schlecht aus dem Bett, aber das fiel Tom gar nicht auf. Er fand es unnötig, dass ich gleichzeitig mit ihm aufstand, denn er frühstückte erst, wenn er ins Geschäft kam. Also blieb ich liegen und begann den Tag wesentlich später als er.

Überhaupt ließ ich mich ziemlich gehen.

Ich war unglücklich in meiner Ehe.

Toms Liebesschwüre kamen immer seltener. Am schlimmsten wog für mich die kühle Art, die er sich mir gegenüber angewöhnt hatte. Immer war er beherrscht und höflich. Praktisch fiel kein böses Wort zwischen uns. Mir machte das sehr zu schaffen. Wo waren Zuneigung und Zärtlichkeit geblieben?

Stattdessen herrschte Eiseskälte zwischen uns. Sprach ich ihn darauf an, antwortete er immer auf die gleiche aalglatte Art, der ich so wenig entgegenzusetzen hatte.

Irgendwann fing ich an, es selbst zu glauben und resignierte, wenn er sagte:»Ich bin in Gedanken immer noch im Geschäft, weißt du? So Leid es mir tut, da kann ich mich nicht auf dich konzentrieren.«

Oder: «Greta, wir haben zurzeit einen schwierigen Großkunden, ich suche ständig nach der Lösung unserer Probleme, um ihn zufrieden stellen zu können. Kannst du nicht verstehen, dass mir in solchen Phasen nicht der Sinn nach deiner Schmuserei steht?«

Brachte ich Einwände hervor, wischte er diese kühl lächelnd mit einer Handbewegung weg:»Hab dafür bitte Verständnis. Ich bin dabei, das Unternehmen umzustrukturieren, um es konkurrenzfähiger zu machen. Wir haben Mitarbeiter, die auf uns bauen und vertrauen.«

Immer war es die Firma, die ihm angeblich seine ganze Kraft raubte. Für mich blieb nichts übrig. Ich wünschte mir, er wäre öfter zu Hause. Nur so hätte ich ihm zeigen können, dass ich auch eine gute Hausfrau und Köchin war.

Es ging mir aber nicht nur um verlorene gemeinsame Zeit und Zärtlichkeiten, sondern auch um Sex, der in unserem Leben seit jener Versöhnungsnacht in Zürich keine Rolle mehr spielte.

Direkt auf dieses Thema hatte ich ihn nur einmal angesprochen. Er schnappte sich ohne mir zu antworten seine Jacke und kam erst in der Nacht wieder. Es kam mir wie eine Erziehungsmaßnahme vor. Wohl erfolgreich, denn ich erwähnte das Thema danach nicht mehr. Trotz allem hatte ich immer noch daran geglaubt, unsere Ehe retten zu können, wenn er es nur zuließe.

Die Idee von mir, einen großen Teil meines Vermögens in eine selbst gegründete Stiftung zu stecken, nahm langsam Formen an.

Es gab in den USA ein Projekt, das ich mir zum Vorbild nehmen und an dem ich aktiv mitwirken wollte. Es ging darum, instandsetzungsbedürftige Kunstgegenstände in Privathand ausfindig zu machen, sie zu restaurieren und dann weltweit an in Frage kommende Museen auszuleihen.

Solche Werke aufzuspüren, die der Öffentlichkeit normalerweise verborgen geblieben wären, war eine reizvolle Aufgabe. Die Eigentümer verfügten oft nicht über ausreichende finanzielle Mittel, um sie aufarbeiten zu lassen. Wenn sie mir die Kunstwerke für eine festgelegte Zeitspanne überließen, sollten sie anschließend im restauriertem Zustand in ihren Besitz zurückgehen. Somit könnte ich diese »verborgenen Schätze« vielen kunstinteressierten Menschen – einschließlich meiner eigenen Person – zugänglich zu machen, was sonst nicht möglich gewesen wäre. Ich war überzeugt, dass eine derartige Tätigkeit mich ausfüllen würde.

Herr Schumann beschäftigte sich sehr unwillig mit dieser Angelegenheit: »Greta, hören Sie, warum spenden Sie nicht hier und dort eine größere Summe, lassen sich dafür von der lokalen Presse feiern und genießen ansonsten Ihr Leben?«

Ich musste an Tom denken, der mein diesbezügliches Vorhaben für einen Egotrip hielt und antwortete Herrn Schumann: »Weil ich genaue Vorstellungen davon habe, was mit meinem Geld geschehen soll. Durch mein Erbe habe ich zuviel davon bekommen und möchte auf diesem Weg etwas für die Allgemeinheit tun. Aber nur in einer eigenen Stiftung kann ich aktiv im Vorstand mitmischen.

Ich werde den Zweck der Stiftung genau formulieren sowie die Verwendung des Geldes. Ich hätte endlich mal wieder eine richtige Aufgabe, die mich fordern würde und …«

Herr Schumann unterbrach mich unwillig: »Warum sind Sie Ihrem Geld böse, Greta. Sie führen ein Leben im gehobenen Mittelstand, statt sich in den höchsten Kreisen zu bewegen. Sie könnten im Besitz eines Privatjets sein, der jeden Tag startbereit am Flughafen Zürich stünde, um Sie in aller Herren Länder zu fliegen. Und zwar genau dann, wenn Sie es wollen. Sie haben die Möglichkeit, täglich Ihre Haute-Couture-Kleidung zu wechseln und sie danach in die Altkleidersammlung zu geben.

Sogar eine Insel in der Karibik könnten Sie käuflich erwerben, Sie müssen nur die Hand danach ausstrecken, alles andere erledige ich.«

Seine ganze Körperhaltung drückte Unverständnis aus. Er hatte nicht vor, seinen Unmut vor mir zu verbergen.

Meine Entscheidung war gefallen.

Ich gab Herrn Schumann zum Abschied die Hand und sagte bestimmt: »Ich will eine Stiftung, Herr Schumann. Nur eine Stiftung. Wenn Sie glauben, diese Aufgabe aus reiner Überzeugung nicht bewältigen zu können, lassen Sie es mich bitte wissen …« Ich drehte mich um und verließ mit besonders energischen Schritten den Raum.

In meinem Auto angekommen, blieb ich einige Minuten hinter dem Steuer sitzen, bevor ich den Motor anließ. Waren denn alle gegen mich, fragte ich mich verzweifelt? Meine Ideen so absurd?

Ich hatte keine Freunde mehr, konnte nachts nicht mehr schlafen, meine Ehe drohte nach kurzer Dauer zu scheitern. Auch meine Versuche, alte Freundschaften wieder aufleben zu lassen, scheiterten kläglich.

Ich hob den Kopf, startete den Motor und schaute geradewegs in die fröhlichen Augen von Marielle.

Es dauerte einen Augenblick, bis ich sie erkannte.

Marielle, meine alten Zimmer- und Leidensgenossin aus dem Internat. Sie hatte ein kleines Mädchen auf dem Arm und war gerade im Begriff, an meine Fahrertür zu klopfen. Ich ließ erst die Scheibe herunter, besann mich aber gleich eines Besseren, drehte die Zündung aus und stieß die Fahrertür auf: »Marielle, meine Güte, das ist ja eine tolle Überraschung. Ist das deine Kleine?«

Ich reichte ihr die Hand, aber sie zog mich, trotz ihres Kindes auf dem Arm, an sich und drückte mich herzlich.

Sie rief erfreut: »Weißt du eigentlich, wie oft ich an dich gedacht habe in der letzten Zeit und jetzt stehst du hier in Zürich leibhaftig vor mir?«

Sie hatte morgens auf der Suche nach einem freien Parkplatz ihren Wagen neben meinem geparkt. Das war wirklich ein glücklicher Zufall, dachte ich.

Sie sprach weiter: »Greta, darf ich dir meine Tochter Mirja vorstellen, drei Lenze alt.« Mirja war einfach bezaubernd. Die Brille, die sie trug, tat ihrer Schönheit keinen Abbruch. Sie hatte einen blonden Lockenkopf und strahlende blaue Augen, genau wie ihre Mutter. »Marielle, um so eine hübsche Tochter bist du zu beneiden, hast du noch mehr davon?« fragte ich sie interessiert.

Marielle ließ sich überreden, mich spontan in ein Café zu begleiten, das an den Parkplatz grenzte.

»Das finde ich toll, so können wir uns noch einen Moment über alte Zeiten unterhalten,« freute ich mich.

Das Beste war aber zu erfahren, dass sie mittlerweile ganz in meiner Nähe wohnte. Vor einem halben Jahr waren ihr Mann, ihre drei Kinder und sie nach Ascona gezogen. Er arbeitete dort in einem Grand Hotel als teilhabender Geschäftsführer.

In Zürich war sie wegen Mirja. Sie hatten einen Facharzt für Augenkrankheiten aufsuchen müssen, weil die Kleine an einer Erkrankung litt, die aber, wie sie heute erfahren hatte, glücklicherweise operabel war.

Eine Stunde verging wie im Flug, so dass wir uns gemeinsam auf den Weg zu unseren Autos machten. Wir mussten beide durch den Gotthard-Tunnel fahren. Je später wir loskamen, um so voller würde er werden. Wir verabredeten uns, am nächsten Tag zu telefonieren.

Überglücklich machte ich mich auf den Weg nach Hause. Meine Stimmung sank augenblicklich in den Keller, als ich vor dem Haus vorfuhr. Es brannte kein Licht, also war Tom noch nicht da.

Ich ahnte, gleich würde das Telefon klingeln.

Und tatsächlich, Tom sagte mir durch seine Sekretärin für den heutigen Abend ab: »Frau Castelletti, Ihr Mann bittet um Ihr Verständnis. Er hat noch ein spätes Geschäftsessen in Milano und befürchtet, es würde zu spät werden, um dann noch den langen Heimweg nach Locarno anzutreten. Er meldet sich aber gleich morgen früh bei Ihnen.«

Frau Hausers Stimme war bemüht gelassen und ich ahnte, wie ungern sie dieses Telefonat übernommen hatte. Ich versuchte meiner Stimme Gleichgültigkeit zu verleihen, als ich ihr antwortete: »Es ist schon gut, Frau Hauser, sagen Sie nur bitte meinem Mann, dass mir Ortsangaben alleine nichts nutzen, wenn ich das Restaurant nicht namentlich kenne. Ich habe so keine Möglichkeit ihn zu erreichen. Er soll sich diese Informationsbröckchen sowie diese Art von Telefonaten in Zukunft sparen.«

Ich beendete das Gespräch und schleuderte den Apparat in hohem Bogen an die Wand im Flur, wo er in zahlreiche Einzelteile zerschellte.

In dieser Nacht verhalfen mir zwei Schlaftabletten und drei Gläser von Toms bestem Rotwein in einen traumlosen und tiefen Schlaf.

Nach dieser Nacht kam Tom noch unregelmäßiger nach

Hause als sonst. Immer öfter blieb er auch nachts weg. Frau Hauser hatte unser Telefonat wohl wortwörtlich an Tom weitergegeben, denn wie von mir gewünscht, meldete er sich jetzt auch nicht mehr telefonisch ab.

Innerlich zerriss mich dieses Leben, und meine Hoffnung auf eine endgültige Versöhnung mit Tom wurde von seiner Gefühlskälte grausam zunichte gemacht.

Wo war der Mann, den ich lieben gelernt hatte. Der Mann, der mich in den Arm nahm und tröstete, der mit mir lachte und mit dem ich berauschenden Sex hatte? Warum schlitterte unsere Ehe unkontrolliert bergab, und ich konnte nichts dagegen tun? Ich wurde immer unglücklicher.

Der einzig wirkliche Lichtblick in meinem Leben war die neue »alte« Freundschaft zu Marielle. Sie ließ sich wie ein restaurierungsbedürftiges Haus aufbauen, das auf soliden Grundfesten stand. Wir telefonierten oft und sahen uns regelmäßig.

Wie befürchtet, gefiel es Tom gar nicht, die Freundschaft zu Marielle wieder aufleben zu sehen. Er äußerte sich ziemlich abfällig über sie; sie, die sich zwischen Haushalt, Kindern und Mann aufrieb. Ihr fiel es gar nicht so leicht, noch Zeit für mich zu finden. Um so mehr freute es mich, wenn es dann doch klappte. Allerdings musste man sie auf jeden Fall mit ihrem Handy teilen, und das war wirklich lästig. Es klingelte und surrte laufend vor sich hin. Wenn nicht ihr Mann anrief, um zu erfahren, was es am Abend zu essen geben würde, dann wenigstens eins ihrer drei Mädchen, die wissen wollten, wann die Mami denn endlich wieder zu Hause war. Vor Marielle machte ich mich darüber lustig. In Wahrheit beneidete ich sie um dieses bürgerliche Prozedere.

Im Spätsommer machten wir eine Tour mit dem Boot.

Bevor wir ablegten, bot ich Marielle zu Hause einen Eistee an. Es war an diesem Tag sehr heiß und drückend. Als wir das Haus verließen, sah ich ihr Handy halb versteckt unter einer Zeitung liegen. Sie hatte es dort abgelegt und ganz vergessen. Einen Augenblick zögerte ich, ließ es aber – innerlich frohlockend – an Ort und Stelle, denn jetzt standen die Chancen für ausreichende Entspannung während der Bootsfahrt gut.

Eine Weile fuhren wir an der Küste entlang, hielten dann in einer ruhigen Bucht, die uns gut gefiel. Sie lag auf der Schweizer Seite, kurz vor der italienischen Grenze. Wir planschten gerade vergnügt im Wasser, als sie sich wunderte, dass ihr Handy noch nicht geklingelt hatte.

Ich stellte mich unwissend: »Auch wenn du es nicht wahrhaben willst, dein Mann und sogar deine Kinder müssen einmal einen Tag erleben, an dem ausnahmsweise alles ohne das Zutun der Mami klappt. Das stärkt ihr Selbstwertgefühl,« gluckste ich.

Sie kletterte ins Boot, auf der Suche nach dem Handy: »Ich schaue mal eben nach, vielleicht habe ich ja Anrufe in Abwesenheit auf meinem Display, dann weiß ich es ganz genau. Möglich wäre auch ein Funkloch«, überlegte sie laut.«

Ich hörte es auf dem Boot poltern, dann flogen verschiedene Kleidungsstücke in die Luft. Gefährlich nahe an der Reling.

Sie brauchte nicht lange, um festzustellen, gar kein Handy dabei zu haben. Ratlos schaute sie auf mich herab. Bevor sie den Mund aufmachte, wusste ich, was sie gleich sagen würde.

Also kletterte auch ich aus dem Wasser, trocknete mich ab und startete das Boot. »Du bist eine wahre Freundin,« lobte sie mich.

Ich war froh eine Sonnenbrille zu tragen. Ihre Worte trieben Schamesröte in meine Wangen. Ich hätte es verdient, von ihr entlarvt zu werden, dachte ich zerknirscht.

Nur langsam ließ ich das Boot anfahren, denn vom italienischen Teil des Sees kam ein Schnellboot scheinbar direkt auf uns zugerast. Schon von weitem sah ich, dass das Boot aus unserer Fabrikation stammte.

Verwundert erkannte ich Tom hinter dem Steuer. Ich wartete auf sein Ausweichmanöver, aber sekundenlang passierte nichts. Erst im letzten Moment fuhr er einen heftigen Schlenker um unser Heck herum. Marielle schrie ängstlich auf und klammerte sich an die Reling.

Ich war sicher, im Stillen ärgerte sie sich, weil sie sich noch nicht erkundigt hatte, wo ich die Rettungswesten aufbewahrte.

Als wäre es Gedankenübertragung, fragte sie mit vor Schreck geweiteten Augen: »Wo findet man auf diesem Boot diese seltsamen orangefarbenen Dinger, die man auch als Rettungswesten kennt? Ich meine natürlich, vorausgesetzt, man schafft es noch sie rechtzeitig anzuziehen.«

Ohne zu antworten, griff ich schnell nach meinem Fernglas, das immer in der Nähe des Steuers lag. Was ging auf Toms Schiff vor sich, fragte ich mich. Hatte er uns nicht gesehen?

Es schien, als hätte er sich zum Kabineneingang hinuntergebeugt und etwas hineingerufen, bevor er den Schlenker fuhr. Das war für mich die Erklärung, warum er uns so spät wahrnahm.

Ich stellte die Schärfe des Glases ein und da, eine Sekunde später, stiegen zwei Männer aus der kleinen Schlupfkabine an Deck. Neugierig spähte ich durch mein Fernglas, aber die Gesichter der beiden sagten mir nichts. In dem Augenblick erst sah Tom mich, stockte kurz und hob dann grüßend die Hand. Die fremden Männer schauten in die entgegengesetzte Richtung. Ich winkte zurück und bemerkte den verwunderten Blick meiner Freundin.

Mittlerweile hatte Tom am Ufer angelegt und ließ seine beiden Passagiere an einem Behelfssteg an Land.

»War das nicht dein Mann, Greta, der da gerade so lebensmüde fuhr?«

Ich schaute sie ein wenig ratlos an und zuckte kurz mit den Schultern. Damit ich Marielles zu erwartender Fragerei entkam, gab ich kurzerhand Gas und steuerte das Schiff nach Hause.

Abends kam Tom schon früh aus dem Geschäft und brachte uns Pizza aus meinem italienischen Lieblingsrestaurant mit. Während des Essens entschuldigte er sich bei mir für den Schrecken, den er uns eingejagt hatte. Ich verkniff mir eine bissige Bemerkung.

Beiläufig erklärte er, guten Kunden von uns einen Gefallen getan zu haben: »Sie wollten nach der Probefahrt in unserem Topmodell zurück auf die Schweizer Seite, um pünktlich zu einem Geschäftstermin zu erscheinen. Da lag es nahe, sie gleich rüberzufahren.« Ich forschte nicht weiter nach, fand seine Äußerung aber etwas zu belanglos. Was suchten diese angeblich »guten Kunden« in dieser Bucht, so kurz hinter der italienischen Grenze? An diesem Ort gab es nichts, aber auch rein gar nichts. Abgesehen vielleicht von einer Straße, die sich oberhalb des Ufers entlangschlängelte. Bei genauerer Betrachtung jedoch, konnte es vielleicht doch von großem Vorteil sein, dort an Land zu gehen, überlegte ich. In dieser Bucht begann Schweizer Territorium.

In den nächsten Wochen sahen Tom und ich uns weiterhin unregelmäßig. Allerdings schlossen wir eine Art stillschweigenden Waffenstillstand, der es zuließ, dass wir wieder freundlicher miteinander umgingen. Diesen Zustand wollte ich einige Zeit in Kauf nehmen, um zu sehen, was danach kam. Wenn er nicht mit sich im Reinen war und Zeit brauchte, so sollte er sie haben. Für mich stand jedoch zweifelsfrei fest, so nicht ewig leben zu können. Irgendwann in nächster Zukunft musste er mit mir über uns sprechen, ob er wollte oder nicht.

In der Werft war viel zu tun, einige Schiffsmodelle wurden neu auf den Markt gebracht, was viel Arbeit und auch Unvorhergesehenes mit sich brachte. An manchen Tagen blieb er ganz in Luino und kam wieder nicht nach Hause. Mir fehlte er sehr und in besonders einsamen Stunden vermutete ich sogar hinter seiner häufigen Abwesenheit eine Affäre. Allerdings traute ich mich nicht, ihn von meinem Verdacht wissen zu lassen. Er war leicht reizbar, und ich hatte Sorge, durch eine unbedachte Äußerung den nächsten Unfrieden zwischen uns heraufzubeschwören.

Nein, noch wollte ich abwarten. Aber ich nahm mir vor, ihn von jetzt an weniger aus den Augen zu lassen.

Es stellte sich heraus, dass so ein Vorhaben leichter gesagt als getan war. Tom ließ sich nicht so einfach kontrollieren. Vom Anfang unserer Beziehung an bestand er darauf, die jeweilige Intimsphäre des anderen zu achten. Von der täglichen Post angefangen, den Telefonaten, die er oft außerhalb meiner Hörweite abwickelte, bis zu diversen Gesprächen, die er mit Freunden führte, wenn sie bei uns zu Besuch waren. Am Anfang fand ich sein Verhalten geheimniskrämerisch. Zuweilen merkwürdig sogar, akzeptierte es aber, weil ich in seinen Augen nicht als neugierig oder indiskret gelten wollte. Später empfand ich diese Art der Handhabung als Selbstverständlichkeit und beanspruchte sie auch für mich.

Als dann Eifersucht an mir zu nagen begann, spitzte ich aber doch bei allem die Ohren. Immer hoffte ich, etwas Informatives zu erhaschen. Nachdem die anstrengende Periode in der Werft überwunden war, verbrachte Tom die Abende wieder regelmäßiger zu Hause. So zog sich meine Eifersucht zunächst in die Höhle zurück, aus der sie gekommen war, um mich zu quälen.

Ich hätte sie sicher bald ganz abgelegt, wenn nicht ein Vorfall sie wieder hervorgejagt hätte.

Als ich vor zwei Jahren Tom das erste Mal getroffen hatte, war er auf seinem Boot mit einer jungen Frau zusammen, zu der er offensichtlich eine engere Beziehung hatte. Bevor er ins Wasser und damit auch in mein Leben sprang, küsste er sie leidenschaftlich. Das war unsere erste Begegnung.

Als wir uns ineinander verliebten, fragte ich ihn nach dieser Frau. Er grinste mich offen an und beruhigte mich mit der Aussage, sie wäre nur ein Flirt und sonst nichts. Mit dem Kuss wollte er mich nur provozieren, versicherte er mir.

Ich war blind vor Liebe und nur zu gerne bereit, alles zu glauben. Es gab ja auch keinen Grund, ihm diese Antwort nicht abzunehmen. Ihm, der mir das sichere Gefühl gab, meine Gefühle zu erwidern.

Jetzt aber sah ich sie wieder zusammen. Das heißt, Marielle und ich sahen sie in Cannobio, als wir gut gelaunt über den italienischen Wochenmarkt schlenderten. Beide trugen wir schwer an Einkäufen, die wir getätigt hatten. Es zog uns nach Italien, weil es dort den besten Käse und das frischeste Gemüse gab. Wir sahen sie Arm in Arm in einem an die Straße grenzenden Garten.

Ich schaute wie gebannt hin, weil es mich innerlich berührte, ein Paar so eng umschlungen zu sehen. Er redete eindringlich auf sie ein, umfasste ihr Gesicht mit beiden Händen und zwang sie so, ihn anzusehen. Auch von weitem konnte ich erkennen, dass sie weinte. Ich wollte mich schon abwenden, als ich in dem Mann Tom erkannte.

Immer wieder zog er sie an sich und küsste sie. Ich stand wie versteinert da und konnte mich nicht mehr bewegen. Die Tragetaschen glitten aus meinen Händen und die Einkäufe purzelten über den Boden.

Empörung schoss in mir hoch und nur Marielles Hand, die sich blitzschnell auf meinen Mund legte, erstickte meinen Schrei. Gleichzeitig zog sie mich mit einer heftigen Bewegung einige Meter weiter, um mich so außerhalb von Toms Sichtweite zu bringen.

Tröstend nahm sie mich in den Arm, aber ich machte mich ungeduldig frei: »Marielle, hast du das gesehen? Er hat eine andere Frau! Ich habe es immer geahnt. Deshalb hat er sich von mir zurückgezogen. Und ich wollte unserer Ehe eine Chance und ihm Zeit geben. Dieses Schwein betrügt mich.«

Jetzt ließ ich mich doch in ihren Arm ziehen und schluchzte verzweifelt in Marielles T-Shirt. Sie ließ mich heulen, bis keine Träne mehr über meine Wangen rann. Ich fühlte mich wie tot, konnte nicht mehr denken. Wenn neben mir eine Bombe hochgegangen wäre, hätte ich es kaum wahrgenommen.

Ein netter Junge half uns, die Einkäufe einzusammeln und im Wagen zu verstauen, dann fuhren wir nach Hause. Während der scheinbar endlosen Fahrt sprach auch Marielle kein Wort.

Bei der Casa Florale angekommen, fasste sie mich am Arm und hinderte mich so am sofortigen Aussteigen: »Greta, du musst jetzt gut überlegen, was du tun willst. Sei nicht voreilig mit irgendwelchen Entscheidungen.«

Ich antwortete ihr matt: »Ich weiß es selber nicht, aber so kann ich nicht weitermachen. Trotzdem brauchst du dich nicht zu sorgen. Ich werde auch das überstehen.«

Ich stockte kurz, bevor ich weitersprach: «Hast du gesehen, dass sie schwanger war? Mir hat er immer gesagt, es wäre noch nicht die richtige Zeit für ein Kind.« Ich setzte mein tapferstes Lächeln auf.

Immer noch hielt sie meinen Arm fest: »Ja, es gibt aber

sicher eine plausible Erklärung für das heute Gesehene, warte erst mal ab und sprich mit ihm,« sagte eindringlich meine wie immer vernünftige Freundin.

Ich nickte ihr zu und ging auf Haltung getrimmt in Richtung Haus. Sie startete den Motor und der Wagen setzte sich in Bewegung. Bevor ich die Haustür öffnete, drehte ich mich ihr noch einmal winkend zu. Mit dem Rücken drückte ich die Tür ins Schloss und ließ mich an sie gelehnt zu Boden gleiten. Langsam fühlte ich erneut Tränen in mir hochsteigen. Jetzt wusste ich meine Vermutung bestätigt, dachte ich, brauchte aber dringend Sicherheit. Ein Gespräch mit Tom, so vermutete ich, würde nur bedingt die Wahrheit ans Tageslicht bringen.

Ich wartete noch zehn Minuten, dann nahm ich den Telefonhörer in die Hand und wählte Marielles Nummer. Nach kurzem Klingeln meldete sie sich. Ohne große Umschweife bat ich sie um einen Gefallen.

Sie willigte sofort ein und versprach, alles Notwendige in die Wege zu leiten. Nach unserem Gespräch ging ich in das blaue Zimmer. Mit einem Ruck zog ich die Vorhänge der Terrassentür zurück und setzte mich in den Rahmen.

Es war nicht ganz bequem und so schob ich mir ein Kissen in den Rücken. So sitzend, konnte ich auf den See schauen und war geschützt vor Blicken, die von der Wasserseite her kommen konnten.

Zu diesem Zeitpunkt war ich wieder ganz ruhig, denn bald würden mir Fakten sagen, was ich zu tun hatte. Zu der Gewissheit würde mir Marielle verhelfen. Ich hatte mit ihr vereinbart, in ihrem Namen einen Privatdetektiv zu beauftragen, um Tom beschatten zu lassen.

Ich selbst konnte es nicht tun. Hier hatte ich zwar wenige Freunde, aber mein Name war im Tessin sehr bekannt.

Ich fürchtete, der Detektiv könnte etwas ausplappern und so die ganze Aktion gefährden. Wenn das vor dem Ende der Ermittlungen herauskäme, könnte es für mich peinlich werden. Erst musste ich Beweise haben. Tom hasste jegliche Art der Kontrolle. Aber ich hasste es, wenn man mich betrog.

Die Gefühle fuhren mit mir Achterbahn. In einem Moment verachtete ich ihn für seinen Betrug und wünschte ihn zum Teufel.

Im nächsten Moment hatte ich Sorge, dass er mich tatsächlich verlassen könnte. Ich hatte mir vorgenommen, Tom nichts merken zu lassen. Jedenfalls solange nicht, bis das Ergebnis der Beschattung vorlag.

Wut und Rachegelüste stiegen in mir auf. Zu schweigen fiel mir schwer – sehr schwer. Dauerhaft konnte und wollte ich aus meinem Herzen keine Mördergrube machen. Trotzdem bemerkte ich, dass gerade seine kühle und desinteressierte Art mir gegenüber die Wartezeit einigermaßen erträglich machte. Wie bisher umsorgte ich ihn. Ich war freundlich und umgänglich.

Aber gelegentlich fiel mir auf, wie er mir kurz einen Blick hinterher schickte. Er fühlte sich nicht warm und freundlich an, so wie zu Beginn unserer Ehe, sondern kritisch – und irgendwie unangenehm.

Ein bisschen wie früher, wenn der missbilligende, emotionslose Blick meiner Mutter mich so manches Mal verfolgte, als ich als Kind anfing, Vorlieben für bestimmte Kleidungsstücke oder Dinge zu entwickeln. Da war ich etwa zehn oder elf. Nach endlosen Auseinandersetzungen zwischen uns, hatte sie es irgendwann aufgegeben, Einspruch gegen meine Kleidung zu erheben. Wahrscheinlich war es ihr nicht wichtig genug.

Man soll nicht im Kochtopf rühren, wenn nicht sicher ist, ob darin gerade etwas angebrannt ist, sagt ein Sprichwort. Rührt man trotzdem, besteht die Gefahr, das Essen ungenießbar zu machen.

So war es wohl in meiner Ehe. Wäre ich bei all meiner

Neugierde vorsichtiger gewesen, hätte sich vielleicht vieles vermeiden lassen!

Aber nie wäre ich im Traum darauf gekommen, dass sich etwas derart Schlimmes anbahnen würde.

Einige Wochen später lud mich Marielle zum Essen ein. Hauptsächlich, um mir Infos zukommen zu lassen. Ich stieg vor unserem Haus in ihren Wagen. Kaum schaffte ich es die Beifahrertür zu schließen, da setzte sie ihr Auto schon in Bewegung.

Wir hatten verabredet, in ein Restaurant zu gehen, das in Ronco lag. Dort, so hofften wir, ungestört den Bericht des Privatdetektivs durchgehen zu können. Sie fuhr zügig die Serpentinen hinauf, die uns in das Dörfchen auf halber Höhe des Berges führen sollten. Hier war die Besiedelung sehr dicht.

Der einmalige Blick auf den Lago Maggiore war hochbegehrt. Auch war es im Sommer immer einige Grad kühler als unten am See. Ein Ferienhaus klammerte sich eng an das andere. Die unterschiedlichsten Palmenarten säumten unseren Weg und zierten so manchen Garten.

Erst in der letzten Kurve vor Erreichen des Ortes sah ich sie zwischen meinen Schuhen im Fußraum des Wagens liegen. Ich schob meine Handtasche, die ich zwischen meine Beine gestellt hatte, mit dem Fuß beiseite und hob sie auf. Sie war dunkelrot, der feine Golddraht war wie immer ordentlich um den unteren Bereich des Stiels gewickelt. Er führte aber von dort weiter nach oben und umschloss den unteren Teil der Blüte. Nicht mehr Windung für Windung sorgfältig gewickelt, sondern kreuz und quer.

Aufgeregt fragte ich Marielle, woher sie die Rose habe.

Aber sie musste sich auf die kurvenreiche Fahrt konzentrieren und zuckte nur mit den Schultern: »Ich weiß nicht, wo die herkommt. Sie lag auf meinem Fahrersitz. Möglich, dass die Kinder sie im Auto liegengelassen haben. Warum ist das so wichtig?«

Während Marielle auf den Parkplatz steuerte, kramte sie nervös einen Umschlag aus ihrem Handschuhfach und legte ihn mir auf den Schoß: »Hier, das ist für dich wichtig, nicht die olle Rose!«

Wir stiegen aus und machten uns auf den Weg. Den Umschlag in meinen Händen drehend, konnte ich es kaum erwarten, ihn zu öffnen. Marielles Äußerung hatte mein Herz eine Etage tiefer sinken lassen. Meine Nerven waren bis zum Zerreißen gespannt, denn diese Informationen entschieden womöglich über meine Zukunft.

Das Restaurant lag im historischen Ortskern und nur wenige Schritte trennten uns davon. Flüchtig schaute ich mich vor dem Überqueren der Straße nach heranfahrenden Autos um und huschte auf die andere Straßenseite.

Gerade noch rechtzeitig, denn ein weißer Lieferwagen raste mit überhöhter Geschwindigkeit auf uns zu. Ich schaute zu Marielle hinüber, die ich an meiner Seite glaubte und schrie erschrocken auf. Sie war damit beschäftigt, ihren Autoschlüssel in der Handtasche zu verstauen und sah den Wagen nicht kommen. Er erfasste sie ungebremst mit großer Wucht und schleuderte sie auf den Bürgersteig.

Der Knall, den der Aufprall verursachte, verfolgte mich danach noch jahrelang. Immer wieder hörte ich ihn in meiner Vorstellung.

Der Lieferwagen setzte seine Fahrt ungestört fort und verschwand hinter der nächsten Kurve.

Um Hilfe rufend rannte ich zu Marielle. Ganz verdreht lag sie auf dem Boden. Schon färbte ein immer breiter werdendes Rinnsal aus Blut die Pflastersteine rot. Vorsichtig drehte ich den Kopf, bis ich in ihre Augen schauen konnte. Ich suchte ihren Blick, wollte ihr etwas Beruhigendes sagen, aber voller Schrecken erkannte ich, dass sie nicht mehr lebte. Ihr Blick war starr und leer.

Es war unerträglich. Verzweifelt schrie ich ihren Namen.

Nur schemenhaft erkannte ich um uns herumstehende Leute. Ich bettete ihren Kopf in meinen Schoß und weinte wie nie zuvor in meinem Leben. Es wurde schwarz um mich herum, erst im Krankenhaus kam ich wieder zur Besinnung.

Am späten Nachmittag kam Tom ins Krankenhaus und brachte mich nach Hause. Noch im Auto hätte ich ihm gerne von der Rose erzählt. Nur, mit Andeutungen hätte Tom sich nie zufrieden gegeben. Sicherlich hätte er so lange nachgefragt, bis ich auch den Auftrag an Marielle gestanden hätte. Deshalb wollte ich nichts riskieren und hielt den Mund. Ich nahm mir vor, der Polizei davon zu erzählen, wenn Tom nicht dabei war.

An diesem Tag war er ungewöhnlich lieb zu mir. Ich ließ es zu, dass er mich daheim in den Arm nahm und tröstete.

Ich hätte auch gar keine Kraft gehabt, ihm zu widersprechen. Als ich die mir so vertraute Wärme seines Körpers spürte und seinen Geruch einatmete, erlag ich fast der Versuchung, mir alles von der Seele zu reden.

Aber in mir schrillte es laut, als ob mich etwas warnte, dies nicht zu tun. Denn hatte ich nicht allen Grund, ihm gegenüber misstrauisch zu sein? Obwohl mir in diesem Moment nichts begehrlicher erschien, als mich einfach fallen und trösten zu lassen, wollte ich mir nicht selbst etwas vormachen, denn immerhin hatte ich die Vermutung, dass er mich betrog …

Emotional hatten mich meine Eltern nicht gerade verwöhnt. Wirkliche Zuneigung und Geborgenheit hatte ich nur durch meine Großmutter erfahren. Deshalb war ich stark versucht, mich von meinen Gefühlen überwältigen lassen.

Bevor dieser Moment jedoch eine sexuelle Färbung

bekommen konnte, führte er mich zu unserer Sitzecke im Wohnzimmer und versprach, gleich mit einem Drink wieder bei mir zu sein.

Ich wusste, damit hatte er unserer Vertraulichkeit einen Schlusspunkt gesetzt. Einen Augenblick später kam Tom mit zwei trockenen Martinis wieder.

Er bat mich: »Trink bitte einen Schluck, er wird dir gut-tun. Schaffst du es, mir der Reihe nach zu erzählen, was heute passiert ist? Von der Polizei habe ich nur im Groben erfahren, wie Marielle verunglückte.«

Er setzte sich mir gegenüber in einen Sessel.

Ich schüttelte ablehnend den Kopf: »Nein, bitte nicht jetzt. Ich muss erst meine Gedanken ordnen. Was soll ich nur Marielles Mann und ihren Kindern sagen? Wie sollen sie ohne sie zurechtkommen?«

Einen Moment stützte ich meinen Kopf in die Hände, dann stand ich auf und ging hinauf ins Schlafzimmer.

Ich war kurz davor durchzudrehen. Mich quälten tausend Fragen. Wie konnte das heute passieren? War die Rose ein Zeichen? Sollte sie mich quälen oder gar warnen?

Wann war sie mir das erste Mal begegnet, grübelte ich. Sie lag auf meinem Kopfkissen, als ich nach dem Tode meiner Eltern aus den Ferien zurück ins Internat kam. Aber war es wirklich das erste Mal?

Oft tauchte sie auf, kurz bevor ein Unglück geschah. War da auch eine Rose, als meine Eltern getötet wurden? Ich konnte mich nicht erinnern.

Im Arzneischrank bewahrte ich das Röhrchen mit den Schlaftabletten auf. Zwei Stück würden mir helfen, etwas Ruhe zu finden.

Nicht mehr nachdenken zu müssen, erschien mir sehr verlockend. So legte ich mich angezogen auf das Bett und ließ es zu, dass der Schlaf Besitz von mir ergriff und mich in sichere Gefilde brachte, in denen es keinen Tod, kein Blut und auch keine Rosen gab.

Am nächsten Morgen stand ich früh auf und forschte nach dem Umschlag, den Marielle mir übergeben hatte und den ich anscheinend danach verloren hatte. Ich befragte die Rettungssanitäter, die an der Unfallstelle ihren Dienst versahen und die Polizei rief ich ebenfalls an.

Vergeblich, er war nirgends auffindbar. Angeblich hatte ihn niemand gesehen. Praktisch hatte er nie existiert. Ich fluchte, denn nicht einmal einen Blick hatte ich hineinwerfen können.

Meinen ganzen Mut zusammennehmend, suchte ich das Büro des Privatdetektivs auf. Ich wusste ja, wer meinen Fall übernommen hatte.

Als ich bei der Empfangsdame um ein Gespräch mit dem Detektiv bat, kam ein Herr aus einem der angrenzenden Zimmer und unterbrach die Antwort seiner Mitarbeiterin: »Pardon, dass ich mich in Ihr Gespräch einschalte. Ich bin der Geschäftsführer. Der Name, den Sie soeben genannt haben, ist mir absolut unbekannt. Ein Herr Merker ist hier nicht beschäftigt. Wissen Sie, wie glücklich ich mich schätzen kann, in einer schwierigen Branche wie der meinen, seit Jahren auf die gleichen Angestellten zurückgreifen zu können? Sie suchen in der falschen Detektei. Ich wünsche Ihnen aber weiterhin viel Erfolg,« sagte er höflich und ließ mich am Empfang stehen.

Verstört ging ich aus dem Büro. Es war vorstellbar, dass der Umschlag verschwunden war und blieb. Bei dem gestrigen Chaos wäre das kein Wunder, sagte ich mir. Von einem Privatdetektiv allerdings, erwartete man gemeinhin nicht, dass er sich in Luft auflöste. Jetzt war ich wirklich ratlos.

Ich erinnerte mich genau an die diversen Gespräche mit Marielle, in denen es um Toms Beschattung ging. Immer wieder hatte sie die Detektei erwähnt und warum gerade Herr Merker mit dem Fall beauftragt worden war.

Wie so oft in letzter Zeit fragte ich mich, was in meinem Leben vor sich ging. Ich kam mir vor wie eine Statistin in einem schlechten Film.

Ich stand wieder auf dem Bürgersteig und schaute mich nach meinem Wagen um, der auf der anderen Straßenseite in einer Parkbucht stand. Vor dem Überqueren schaute ich nach links und rechts, nahm aber den schwachen Straßenverkehr gar nicht richtig war. Ich musste an Marielle denken, wie sie gestern von dem Lieferwagen erfasst und auf den Bordstein geschleudert wurde.

Wie gehetzt lief ich auf die andere Seite der Straße, drückte schon Meter vorher die Fernbedienung meines Autos und fuhr, nicht immer die Verkehrsregeln befolgend, nach Hause, wo die Polizei bereits auf mich wartete.

Marielles Unfall mit Todesfolge, so nannte es die Polizei in ihrem Fachjargon, würde zwar weiter verfolgt werden, von dem Unfallflüchtigen fehlte jedoch noch jede Spur. Niemand hatte auf das Kennzeichen des Wagens achten können.

Als mich die Polizei zu dem Unglück befragte, stellte ich sofort die Behauptung auf, der Unfall wäre ein kaltblütiger Mord gewesen: »Der Lieferwagen fuhr ohne zu bremsen in Marielle hinein. Ich glaube sogar, er hat noch Gas gegeben!«

Die Erinnerung daran ließ mich einen Augenblick innehalten, bevor ich mit tränenerstickter Stimme weitersprechen konnte: »Das Aufheulen des Motors – ich kann mich genau daran erinnern, bevor der Wagen …«

Die Polizistin unterbrach mich ziemlich rüde: »Unsinn, dafür gibt es keinerlei Indizien. Unserer Meinung nach war der Fahrer einen Augenblick unaufmerksam und schon war es passiert. Aber ich glaube, Sie persönlich hat das Unglück nervlich stark mitgenommen. Es muss ein furchtbares Erlebnis für Sie gewesen sein. Vielleicht verreisen Sie mit ihrem Mann ein paar Tage, das soll Wunder wirken … «

Ich schaute die Beamtin fassungslos an, und bemerkte, wie sie Tom zunickte, als wäre diese Reise schon abgemachte Sache.

Mir war klar, gegen diese Frau war nicht anzukommen, aber mich entsetzte, dass offensichtlich nicht einmal Tom mir glaubte. Später erst fiel mir auf, dass ich die Rose wieder nicht erwähnt hatte.

Abends fuhr ich zu Marielles Mann Paul. Ich wollte ihm meine Anteilnahme aussprechen und ihn fragen, ob er etwas über den Privatdetektiv wusste. Ich kündigte mich vorher telefonisch an und erfuhr, Marielles Eltern hätten die Kinder einige Tage zu sich geholt. Sie sollten schonend auf den Verlust der Mutter vorbereitet werden.

Paul war untröstlich und sah aus wie das sprichwörtlich heulende Elend. Er versuchte Haltung zu bewahren, während er mit mir sprach. Zwar machte er mir keine direkten Vorwürfe, den Unfall nicht verhindert zu haben, aber ich merkte, hier war ich nicht mehr willkommen.

So verließ ich mit hängenden Schultern das Haus und unterdrückte den Wunsch die Frage nach dem Detektiven zu stellen, die mir auf den Lippen lag.

Später kam ich zu dem Ergebnis, es wäre sicher nicht unerwähnt geblieben, wenn er etwas von Marielles Beschattungsauftrag gewusst hätte. Dann hätte er mich vermutlich nicht gehen lassen, ohne mir Vorhaltungen zu machen.

Aber auch ohne seine Anklage fühlte ich mich und war ich schuldig. Ich brauchte dringend jemanden, dem ich alles erzählen und der mir helfen konnte.

Mitten in der Nacht wachte ich schweißgebadet, von einem schrecklichen Traum gequält, auf. Tom lag nicht mehr neben mir. Ich befühlte sein Kopfkissen, er schien schon länger nicht darauf gelegen zu haben. Es war keine Körperwärme an ihm zu spüren.

Auf leisen Sohlen ging ich in die Küche. Ich hatte Durst und wollte mir ein Glas Wasser holen. Dabei kam ich an seinem Arbeitszimmer vorbei und sah, wie er gerade fluchend den Telefonhörer auf die Gabel legte. Er griff wütend nach dem Briefbeschwerer, den er vorher nervös auf dem Schreibtisch hin- und hergeschoben hatte und warf ihn durch das weit geöffnete Fenster hinaus in Richtung Garten. Ein lautes Klirren bestätigte mir, dass er nur noch aus Scherben bestand. Er musste auf dem gepflasterten Weg aufgeschlagen sein, der sich vor dem Fenster befand.

Mit klopfendem Herzen huschte ich zurück ins Bett. Dieser Briefbeschwerer war ein Geburtstagsgeschenk von mir. Aus wertvollem schwerem Kristallglas.

Mein geliebter Mann hatte wohl nicht unerheblichen Kummer.

Ich schaute auf die Uhr und überlegte, mit wem er telefoniert haben könnte. Es war nach Mitternacht. Und – wer wagte es, ihn so zu verärgern. Hatte er mit ihr gesprochen?

Solange ich keine Gewissheit hatte, in welcher Beziehung er zu der schwangeren Frau stand, konnte ich ihm nicht mehr trauen.

Trotz Marielles Tod wollte ich nicht aufhören Nachforschungen wegen Tom anzustellen. Ich musste endlich klarer sehen, so viele Fragen waren unbeantwortet geblieben.

War Tom doch nur ein Mitgiftjäger? Steckte er in krummen Geschäften? Wollte er mich loswerden, um mit dieser anderen Frau glücklich zu sein? Am nächsten Morgen wunderte ich mich, trotz der vielen düsteren Gedanken in der Nacht gleich wieder eingeschlafen zu sein.

Langsam wurde es Winter. Ich konzentrierte mich vor allem auf die Stiftung, die es noch zu gründen galt. Die rechtliche Seite war kompliziert, und Herr Schumann versicherte mir, mindestens ein Jahr für die Aufstellung der Verträge und Bestimmungen zu benötigen. Auch mussten wir mit dem amerikanischen Projekt in engen Kontakt treten. Das alles würde tatsächlich eine geraume Zeit dauern. Ich musste also warten.

Der Wunsch, mehr über das Leben meines Mannes zu erfahren, ließ mich nicht mehr los. Er ließ mich mutiger und auch dreister werden.

Ich fing an, seine Telefonate zu belauschen. Ich durchsuchte seine Jackentaschen nach Hinweisen, die mir weiterhelfen konnten. Überhaupt versuchte ich, ihn auch während seiner Abwesenheit zu kontrollieren. Im Geschäft rief ich ihn häufig an, von angeblichen »Alltagssorgen« geplagt. Oder ich fuhr selbst hin, mischte mich in Dinge ein, von denen ich nichts verstand, nur damit ich mich länger auf der Werft aufhalten konnte.

Natürlich blieben mir die irritierten, teilweise auch missbilligenden Blicke verschiedener Mitarbeiter nicht verborgen. Es war mir egal. Ich musste es tun.

Immer wieder ging ich zu dem Haus, in dessen Garten ich Tom mit dieser Frau gesehen hatte. Es gelang mir kein einziges Mal, etwas zu entdecken, was mich weitergebracht hätte. Manchmal verfolgte ich Tom sogar mit dem Auto. Dazu lieh ich heimlich einen Wagen von einem Autoverleiher, damit er mich nicht entdeckte. So konnte ich mich ihm ohne allzu große Gefahr nähern.

Ich verschaffte mir peu à peu einen besseren Einblick in Toms Leben, was mir allerdings nicht wesentlich weiterhalf. Während dieser Zeit gab es keinen Anhaltspunkt für weitere Treffen zwischen ihm und dieser Frau. Es schien mir fast, als hätte ich es mir nur eingebildet.

Auch die Rose gab mir weiter Fragen auf. Meinem Mann nachzuspionieren war die eine Sache. Aber gelang es mir jemals, dieses Rätsel zu lüften? Ich musste an Marielles Schicksal denken. Wie das berühmte Damokles-Schwert fühlte ich ein drohendes Unheil über mir schweben.

1994 – Locarno

Im nächsten Frühling erfuhr ich auf angenehme Weise Ablenkung durch André Franken.

Er rief eines Morgens an und sagte:»Erinnern Sie sich noch an die Einladung Ihres Mannes, Sie im Tessin besuchen zu kommen? Ich wollte frech fragen, ob Sie noch gilt? Gerne würde ich Sie beide wiedersehen. Bei der Gelegenheit könnte ich Ihnen auch über die Umbaufortschritte Ihres früheren Hauses berichten, vorausgesetzt, Sie sind daran interessiert,« beeilte er sich hinzuzufügen.

Ich musste schmunzeln:»Kann gut sein, dass ich interessiert bin, allerdings nur, wenn wir uns sofort wieder duzen! Wann ist denn dein Besuch geplant?«

Im Stillen hatte ich mich etwas gewundert, noch nichts von ihm zu gehört zu haben. Eigentlich wollte er mir den Umbau in Zürich zeigen, wenn er fertiggestellt war. Nun ja, die Baumaßnahmen waren offenbar zeitaufwändig, dachte ich.

Er räusperte sich verlegen:»Ich bin schon im Tessin. Genauer gesagt, auch schon auf dem Lago Maggiore. In einem Boot.«

Er schwieg einen Moment, da ergriff ich das Wort:»Aber das ist ja wunderbar. Dann treffen wir uns doch einfach zum Mittagessen. Du kannst mit deinem Boot an unserem Steg anlegen und mich aufnehmen. Ich zeige dir dann unser Lieblingsrestaurant hier am See. Vielleicht hat Tom Zeit, zu uns zu stoßen und uns beim Essen Gesellschaft zu leisten.«

Nun verlegen stotternd, sagte er:»Ganz tolle Idee, Greta. Aber wie sich gerade gezeigt hat, kann ich mit diesem

Monstrum von Boot nicht anlegen. Mehrfach habe ich es heute versucht, dabei Menschen und einen Bootssteg in Gefahr gebracht. Jetzt traue ich mich nur noch auf der Mitte des Sees zu bleiben und hoffe, hier nicht zu verhungern. Ich meine, weil du eben vom Essen gesprochen hast.«

Jetzt musste ich wirklich lachen. Fast fiel mir dabei das Telefon aus der Hand. Ich versprach ihm sofortige Erlösung aus der Not. Über das Telefon gab ich ihm Fahranweisungen und lotste ihn bis zu unserem Haus. Ich erklärte ihm Schritt für Schritt die Handgriffe, die zu tun waren, um das Boot in die Nähe des Steges zu steuern. Im Schneckentempo näherte er sich mir. Er war ganz offensichtlich ungeübt im Umgang mit Booten, schaffte es aber, dabei nicht lächerlich zu wirken. Mir fiel auf, wie viel natürlichen Charme er versprühte.

Weitere Gedankenspielereien gestattete ich mir nicht. Ich war verheiratet und wollte es bleiben.

Vorausgesetzt … Wenn nur nicht diese Frau …

Entschlossen schob ich diese Gedanken beiseite. André war nur noch einen halben Meter vom Steg entfernt und brauchte jetzt meine ganze Aufmerksamkeit. Ich zog meine Schuhe aus, warf sie auf sein Boot und sprang hastig hinterher.

Sofort übernahm ich das Steuer und zog das Schiff im Rückwärtsgang vom Steg weg, bevor es dagegen schrammen konnte.

André stand der Angstschweiß auf der Stirn. Erleichtert setzte er sich auf den Beifahrersitz und lächelte mich anerkennend an. Ich freute mich auch, denn an diesem Tag hatte ich meinen Retter gerettet.

Wie versprochen, führte ich ihn in ein nettes, einfaches Restaurant, vor dem man wunderbar mit dem Boot anlegen konnte.

Während ich manövrierte, gab er zwar zu, im Besitz eines fünfzehn Jahre alten Bootsführerscheins zu sein, aber seit genau der gleichen Zeit kein Boot mehr gesteuert zu haben.

Bevor wir an Land gingen, half er mir, das Schiff zu vertäuen. Wir suchten uns ein ruhiges Plätzchen und bestellten eine gute Flasche Wein. Tom würde nicht kommen, das hatte er mir vor ein paar Minuten telefonisch unmissverständlich erklärt. Er hatte Wichtigeres zu tun. Überhaupt hätte er gar keine Zeit mittags zu essen.

Genervt beendete ich unser Telefonat. Kurz darauf klingelte mein Handy und ich konnte an der Rufnummer erkennen, dass Tom es war: »Tom, was gibt es«, fragte ich ihn in knappem Ton.

Er antwortete: »Verzeih mir meine Laune, Greta. Ich habe heute einen schrecklichen Tag. Bitte, biete doch André ein Quartier bei uns an, wenn er nicht schon etwas anderes vorhat. Ich sehe zu, heute Abend früher nach Hause zu kommen, da können wir ein bisschen feiern. Nur dein Supermann und wir, o.k.?«

Wie immer, wenn Tom so zugänglich war, verflog mein Ärger sofort.

Unwillig registrierte ich mein Einlenken, versprach aber, André einzuladen und legte auf. Toms Anruf war eindeutig ein Friedensangebot an mich. Wahrscheinlich fand er sich selber langsam zum Davonlaufen und merkte, wie unausstehlich er war.

André nahm unsere Einladung gerne an.

Ich warnte ihn aber vor, auf Gäste nicht eingerichtet zu sein: »Ich muss noch dringend Lebensmittel in Locarno einkaufen. Sonst kann ich dich nicht angemessen verpflegen.«

Es war Andrés Idee, auch dies mit dem Schiff zu erledigen.

Humorvoll sagte er: »Liebend gerne möchte ich dich begleiten und meine Arbeitskraft uneigennützig in deinen Dienst stellen.«

Das war ziemlich dick aufgetragen, aber deshalb nicht minder charmant.

Ich nahm an und versicherte ihm: »Das wirst du sicher schnell bereuen.«

Ich genoss diesen Nachmittag in vollen Zügen, lachte viel und vergaß sogar für einen Moment, dass ich eigentlich ganz unglücklich war.

Abends half André mir bei der Zubereitung des Essens. Wir wollten grillen und deckten deshalb auf der Terrasse den Tisch. Gut aufgelegt und pünktlich erschien Tom. Er brachte einen Kuchen aus Italien zum Dessert mit. Ich freute mich über seine Aufmerksamkeit und wollte ihm zum Dank einen Kuss auf den Mund geben.

Er wendete den Kopf zur Seite und so traf ich nur seine Wange.

Ich bemerkte Andrés betroffenen Blick. Er hatte es gesehen, stellte ich peinlich berührt fest. André verwickelte Tom in ein Gespräch über Boote, und ich war zum Glück mit meinen Gedanken einen Moment allein.

Meine Geduld war zu Ende. Spätestens wenn André abgereist war, würde ich Tom zur Rede stellen. Ohne Wenn und Aber.

Trotzdem gab ich mir jede Mühe, den Abend schön zu gestalten. Nicht für Tom, sondern für André, der diese Aufmerksamkeit verdiente.

Gegen elf Uhr zog sich Tom zurück. Er musste am nächsten Morgen sehr früh zur Werft, bat uns aber, den Abend in Ruhe ausklingen zu lassen. Ich schlug André vor, es uns mit Wein und Knabberzeug am Steg gemütlich zu machen. Ich tat das am Abend oft und dachte mir, es würde ihm gut gefallen.

Aus der Küche holte ich ein Tablett, stellte Rotwein, Gläser und Oliven darauf und bat ihn, eine Decke mitzunehmen. Wir setzten uns und ließen die Beine vom Steg baumeln. Das Tablett platzierte ich zwischen uns und schenkte ein. Eigentlich hatte ich schon genug Wein während des Essens getrunken, aber mittlerweile nahm ich es auch mit dieser Menge nicht mehr so genau.

André und ich erzählten uns gegenseitig von Kindheit, Jugend und beruflichem Werdegang. Er war in einer großen Familie aufgewachsen und hatte vier Geschwister. Sein Vater war schon vor Jahren an Krebs gestorben.

Seiner Mutter ging es jedoch prächtig. Mit ihr verstand er sich ausgezeichnet. Sie sollte auch, wenn das Haus in Zürich fertig umgebaut war, mit seiner jüngsten Schwester zu ihm ziehen. Diese war zwanzig, also zehn Jahre jünger als André und wollte in diesem Jahr anfangen, in Zürich Tiermedizin zu studieren.

Es wurde deutlich, wie sehr er an seiner Familie hing. Fast war ich ein bisschen neidisch auf seine Emotionen.

Ich merkte, dass ich mich langsam einem Zustand näherte, den man weder als nüchtern bezeichnen noch seelisch stabil nennen konnte und begann, ihm von meinem Leben und dem tragischen Tod meiner Eltern erzählen. Wie ich dann zu meiner Großmutter zog und Tom kennen und lieben lernte.

Ruhig hörte er mir zu. In mir fing die Mauer an zu bröckeln, die ich selber errichtet hatte. Ich hatte das Bedürfnis zu reden, mir selbst die Last von der Seele zu nehmen. Irgendwann erzählte ich ihm von der Rose: »Zuerst dachte ich, ein Verehrer hätte sie hinterlegt. Mit den Jahren tauchte sie zwar unregelmäßig, aber oft im Zusammenhang mit einem Ereignis oder sogar einer Tragödie auf. Auf mich wirkt sie bedrohlich. Irgendjemand auf dieser Welt will mir damit etwas sagen, ich habe nur noch nicht begriffen, was.«

André legte seinen Arm um mich. Ich ließ es zu, weil ich wusste, er tat es um mich zu trösten.

Er wirkte betroffen: «Greta, du musst zur Polizei gehen, du kannst so nicht weitermachen. Vielleicht war der Mann in Zürich, der dich ersticken wollte, doch kein Sittenstrolch. Du musst diese Vorfälle melden.«

»Ja, müsste ich,« gab ich lahm zur Antwort.

Obwohl nur eine Lampe den Steg in gedämpftes Licht tauchte, sah ich Besorgtheit in seinem Gesicht.

»Mit Tom steht es auch nicht zum Besten,« platzte ich heraus.

»Er hat eine Affäre, das vermute ich jedenfalls seit längerer Zeit. Ich habe ihn gesehen, als er eine andere Frau umarmte und tröstete. Es sah so aus, als ob es zwischen ihnen eine enge Bindung gäbe. Außerdem berührt er mich seit längerer Zeit nicht mehr. Er, er hat sich total verändert, ist so kalt und abweisend geworden,« stotterte ich.

Während ich sprach, fing ich an zu weinen. André wiegte mich tröstend in seinen Armen und versprach mir zu helfen, eine Lösung zu finden.

Ich weiß nicht welcher Teufel mich ritt, aber ich fing an, André zu küssen.

Erst ganz vorsichtig, bis ich merkte, dass er die Küsse erwiderte. Mir war schwindelig, aber ich ließ mich einfach weiter fallen.

Dann wurde André so stürmisch, dass wir fast vom Steg ins Wasser gefallen wären. Dieser Moment reichte mir, um wieder zur Besinnung zu kommen.

Ich stand auf und fing an, wortlos unsere Sachen zusammenzuräumen. Ich stellte das Tablett noch einmal auf dem Steg ab und suchte im Dunkeln seine Augen. »André, ich bin wahnsinnig froh, einen Menschen wie dich zum Freund zu haben. Ich will das nicht riskieren, noch bin ich verheiratet. Nimmst du meine Entschuldigung an, wenn ich dir sage, dass es die falschen Signale von mir waren?«

Er nickte: »Ich bin doch nicht dumm, oder? Mach dir jetzt bloß keine Vorwürfe, ist doch nichts passiert – leider,« fügte er grinsend hinzu.

Als ich das Tablett aufhob, stellte ich ihm noch eine Frage: »Sag mal, was willst du eigentlich mit einer Freundin, der so seltsame Dinge passieren?«

Er überlegte kurz und witzelte: »Vielleicht um Ideen für einen Roman zu sammeln?« Während wir zum Haus zurückgingen, legte er abermals seinen Arm um meine Schulter.

Jetzt allerdings, so sagte er mir, um meinen schwankenden Gang zu stabilisieren. Wieder einmal bemerkte ich nicht das Augenpaar, das uns dabei beobachtete, wie wir ins Haus gingen.

Am nächsten Morgen schlief ich ungewöhnlich lange. Schon als ich die Augen aufschlug, fiel mir dies nicht gerade leicht. Als wären es rostige Garagentore, schwer gängig und nur unter größter Anstrengung zu öffnen.

Ich visierte das Badezimmer an und überlegte, wie groß die Chance war, die Toilette lebend zu erreichen. Nur mit Mühe schleppte ich mich ins Bad. An Aufbleiben war noch nicht zu denken.

Ich beschloss gerade, mich wieder ins Bett zu legen, da klopfte es an der Zimmertür. Schnell schlüpfte ich zurück unter die schützende Decke, die ich mir gleich bis über beide Ohren zog. So musste sich eine Schnecke in ihrem Haus fühlen.

Nur unwillig gab ich nach, als jemand erst zaghaft, dann energisch an ihr zupfte. André stand vor mir, bückte sich nach einem Frühstückstablett, das er wohl auf dem Boden zwischengelagert hatte.

Er war offensichtlich gut gelaunt und bei bester Gesundheit: »Bitte, setz dich auf. Auch wenn du es jetzt noch nicht glaubst, aber ein gutes Frühstück wirkt wahre Wunder.«

Mir erschien Widerstand zwecklos, so beschloss ich, mich der höheren Macht zu beugen und setzte mich wie verlangt. Er stellte das Tablett vor mich hin und setzte sich daneben.

Ungläubig rieb ich meine Augen: »Morgen. Habe ich den Wein gestern alleine getrunken, oder warum geht es dir so unverschämt gut? Ich meine, nicht dass ich es dir nicht gönnen würde …«

André lachte: »Nur keinen Neid. Übrigens, nicht dass du denkst, ich hätte meinen Job mit dem deiner Haushälterin getauscht, aber dein Mann meinte, es wäre eine gute Möglichkeit, dich fit für den Tag zu bekommen.«

Ich fragte noch einmal nach: »Mein Mann?«

Langsam wunderte ich mich über nichts mehr. Mein Gesicht musste vom Schlaf ziemlich zerknittert aussehen und die Haare fühlten sich an, als würden sie wild in alle Himmelsrichtungen abstehen. Seltsamerweise streifte ich diese Gedanken nur eben, denn wirklich wichtig war mir mein Aufzug nicht.

Abwechselnd trank ich vom Kaffee und biss von dem Croissant ab, das ich zwischendurch mit Butter bestrich: »Tolle Idee, André – eigentlich ist das Frühstücken im Bett in diesem Hause nicht üblich. Du bist übrigens der einzige Mann, außer Tom, der mich sehen darf, wenn ich nicht in voller Montur bin. Wird ja auch langsam zur Normalität, oder?«

Wir unterhielten uns noch eine Weile. André erzählte, morgens Tom getroffen zu haben. Er wollte uns gerne zur Taufe seines restaurierten Holzbootes einladen. Es war Toms Steckenpferd, wertvolle alte Boote wieder in Schuss zu bringen. Nach dem Zu-Wasser-Lassen des Schiffes, war eine Fahrt rund um die Borromäischen Inseln geplant. Danach würde es in ein Restaurant auf die Fischer-Insel gehen.

André stand von der Bettkante auf, wo er die ganze Zeit gesessen hatte: »Das geht aber nur, wenn du rechtzeitig aus den Federn kommst. Dein Mann riet mir, falls die Mission Greta wecken fehlschlagen würde, die Haushälterin auf dich anzusetzen. Die hätte drei Mädchen großgezogen und wüsste im Zweifelsfall, wie man das erledigt.«

Ich antwortete mit Leidensmiene: »Ich sehe schon, ihr seid wieder sehr lieb zu mir.« Jetzt erst bemerkte ich neben dem Wasserglas eine Packung Kopfschmerztabletten. »Wie kommt es eigentlich, André, dass du immer alles richtig zu machen scheinst?«

In seinen Augen blitzte der Schalk: »Ach weißt du, ich bin selbst jahrelang von meinen Schwestern gedrillt worden.«

Vor dem Verlassen meines Zimmers riet er mir, sofort eine der Tabletten zu nehmen und dann noch eine halbe Stunde liegen zu bleiben. Froh, zunächst wieder mit meinem Brummschädel allein zu sein, ließ ich die vergangene Nacht Revue passieren. Natürlich kamen mir unweigerlich unsere Küsse in Erinnerung.

Ich stöhnte vor Scham leise auf. Mein Herz pochte laut. Herrje, dachte ich, was hatte ich nur getan. Aber zur Selbstkasteiung blieb mir nicht genügend Zeit. Wie schon so oft in meinem Leben befahl ich mir, jetzt an nichts zu denken, was im Entferntesten nach Problemen roch.

Pseudo-entspannt lag ich in meinen Federn. An nichts zu denken ist doch prima. Super sogar, überlegte ich. Verdrängungssymptomatik? Vielleicht!

Bedenklich? Eventuell!

»Greta«, fragte ich mich selbst: »Wie wäre es mit einer tiefenpsychologischen Gesprächstherapie?«

Wenn ich diesen Tag überlebte, würde ich mir einen Therapeuten suchen. Auf jeden Fall!!

Irgendwann habe ich gelesen, bei Unruhe solle man nur bei jedem dritten Herzschlag tief in den Bauch atmen. Oder war es bei jedem vierten? Oder nicht in den Bauch? War ja auch egal, Hauptsache atmen!!

Eine Stunde später saßen wir schon im Boot nach Luino. Die große Überraschung war jedoch nicht das restaurierte

Boot, eine wirkliche Rarität, das ich natürlich gebührend bewunderte, sondern die Anwesenheit Herrn Schumanns.

Tom erklärte mir, er hätte meinen Rechtsanwalt eingeladen, weil er wüsste, wie groß dessen Interesse an Oldtimer-Booten war. Das war natürlich nett von ihm. Trotzdem ärgerte es mich, nicht früher über dieses Zusammentreffen informiert worden zu sein. Mir missfiel Toms Art, mich zu übergehen.

Ich nahm mir wieder vor, mit Tom abends ein grundsätzliches Gespräch zu führen. Vielleicht hatte auch der gestrige Kuss meinen Mut beflügelt. Ich fühlte mich immer mehr als unwichtige, ungeliebte Person. Alles wollte ich ihm sagen, endlich seinen Betrug aufdecken.

Wir führten schon lange keine richtige Ehe mehr und langsam musste ich einsehen, dass Tom nicht die Absicht hatte mir, seiner Frau, wieder nahe zu kommen. Heute war wirklich Schluss!!

Mit einem Glas Sekt beschloss ich, meinem Kopfschmerz endgültig den Garaus zu machen und ließ meinen Blick suchend durch die kleine Bootshalle schweifen. Dabei tauchte ich ungebremst in Andrés Augen ein, der nahe der kleinen mobilen Bar stand, die neben dem Boot installiert war. Wieder machte mein Herz einen gewaltigen Satz und jagte mein Blut durch die Adern. Ich drehte mich um und rannte, mehr als ich ging, Richtung Toilette davon.

Meine Güte, schimpfte ich innerlich. Soweit ist es schon wieder mit dir, dass der intensive Blick eines Mannes dein Herz in Aufruhr versetzt. Nein, korrigierte ich mich. Nicht der irgendeines Mannes tat es, sondern der Blick Andrés. Ganz klar, er gefiel mir, das konnte ich mir jetzt selbst eingestehen.

Lange Zeit hatte ich keine Liebe und Zärtlichkeit mehr gespürt. Dass jetzt meine Fantasie mit mir durchging, war kein Wunder. Natürlich hatte ich immer gehofft, mein Leben mit Tom würde sich wieder normalisieren und mein Kinderwunsch sich doch noch erfüllen. Wieder musste ich an die schwangere Frau denken, die Tom geküsst hatte. Bitterkeit stieg in mir hoch. Ich hatte immer die Absicht gehabt, an meiner Ehe festzuhalten. Allerdings nicht mehr um jeden Preis.

Heute Abend wollte ich den ersten Schritt tun und danach einen nach dem anderen. In welche Richtung würden sie mich führen? Ich wusste es nicht, aber mir war klar, dass das nicht so wichtig war. Wichtig war nur die Normalisierung meines Lebens. Dieser Vorsatz ermutigte mich. Ob mit oder ohne Tom.

Mit mir wieder einigermaßen im Gleichgewicht ging ich zurück, um die Einwasserung des Bootes nicht zu verpassen.

Zur Feier des Tages spendierte Tom Freibier für die Mitarbeiter der Werft. Erstaunt war ich, als wir während der feierlichen Taufaktion den Namen des Schiffes erfuhren. Er hatte es »Gretania« genannt. Den Namen zur Ehre der eigenen Frau zu verwenden war üblich, aber war es das auch in unserer Situation? Warum hatte er das getan? Er bemerkte meinen nachdenklichen Blick und nahm meine Hand, um mir beim Einsteigen behilflich zu sein.

Außenstehende mussten glauben, mit uns wäre alles in bester Ordnung. Mit lautem Hallo folgten mir die anderen ins Boot und wir machten uns auf den Weg in den Borromäischen Golf.

Wir, das waren Tom, André, Herr Schumann und ich. Gut gelaunt umrundeten wir eine Insel nach der anderen. Allesamt waren sie winzig, aber die prächtigste der Inseln ist die »Isola Bella«. »Die schöne Insel« liegt nur vierhundert Meter von der Seepromenade Stresa entfernt. Sie beherbergt einen Barockpalast von ungeahnter Pracht und einen exotischen Park, der aus zehn übereinanderliegenden Stufenterrassen besteht. Jede der Terrassen ist mit Nischen,

Springbrunnen und Statuen dekoriert. Wunderbar konnte man den Terrassenpark vom Schiff aus bewundern, da er bis ans Wasser reicht.

Als nächste umrundeten wir die »Isola Madre,« gefolgt von der »Isola di Pescatore«. Das war die »Fischerinsel«, auf der wir zu Mittag essen wollten.

Ich wusste, es gab dort nur sehr begrenzt Anlegemöglichkeiten für Privat-Boote. Offensichtlich hatte Tom wieder seine guten Beziehungen spielen lassen, denn uns wurde sofort ein Platz freigemacht. Wir verlebten einen fast fröhlich zu nennenden Tag, bei gutem Essen und strahlendem Sonnenschein.

Herr Schumann und André steuerten maßgeblich zu dem Gelingen des Tages bei. Wie beim Ping-Pong jagten zwischen ihnen Scherze hin und her. Lange Zeit saßen wir noch bei Espresso und Grappa beisammen, bis Herr Schumann ankündigte, in einigen Minuten fahren zu müssen. Ich war schon einigermaßen erstaunt zu hören, dass er sich mit einem Taxi-Boot nach Luino zurückbringen lassen wollte. Er müsste seinen Wagen abholen, den er an der Werft geparkt hätte.

Geradewegs vom Garda-See kommend, sei er gleich dorthin gefahren. Deshalb könne er uns nicht bis Locarno begleiten. Heute noch wolle er die Strecke bis nach Zürich bewältigen. Seine Frau feierte morgen ihren Geburtstag, den dürfte er auf keinen Fall verpassen.

Das verstand ich wohl, es hätte aber meiner Meinung nach keine Umstände bereitet, ihn auf unserem Rückweg dort abzusetzen.

Dieses Angebot wollte er unter keinen Umständen annehmen. Er hielt den Umweg über Luino für zu groß.

Keiner unserer Einwände nutzte etwas. Dieser Starrsinn ärgerte mich etwas, er ließ uns keine Möglichkeit, ihm einen Gefallen zu tun.

Zum Abschied gab ich ihm meine Hand, die er zielstrebig an seine Lippen führte. Das hatte er noch nie getan. Verblüfft sah ich ihm in die Augen und bemerkte zum ersten Mal, wie grau sie waren. Grau und – grausam in ihrem Ausdruck. Als hätte er meine Gedanken erraten, huschte wieder das verbindliche Lächeln über sein Gesicht, das meine Überlegungen Lügen zu strafen schien.

Wir beschlossen Herrn Schumann zum Taxi-Steg zu begleiten; uns allen tat etwas Bewegung nach dem Essen gut. Den Vorschlag nahm er gerne an, und so machten wir uns gemeinsam auf den Weg, der wegen der geringen Größe der Insel nur wenige Minuten dauerte. Herr Schumann stieg ein, Tom instruierte kurz den Fahrer und einen Augenblick später setzte sich das Boot in Bewegung. Herr Schumann blieb am Heck stehen und warf einen letzten Gruß herüber, aber ich hatte das Gefühl, dass er nur mir zuwinkte.

Der Wind hatte aufgefrischt, und das Boot schwankte bedenklich hin und her. Diesmal streckte André mir seine Hand entgegen. Flink griff ich danach, stieß mich vom Kai ab und sprang ins Boot. Trotz seiner Hilfe brachte mich eine anrollende Welle aus dem Gleichgewicht. Ich knickte mit einem Fuß unglücklich um. Der heftige Schmerz ließ mich zusammenkauern.

André half mir auf die hintere Sitzbank und zog mit besorgter Miene vorsichtig meinen Schuh vom linken Fuß. »Bleib sitzen Greta, ich hole Eiswürfel von unten. Wir müssen den Fuß direkt kühlen, sonst kannst du morgen nur noch humpeln.«

Er verschwand mit einem Satz in der Schlupfkabine. Der Schmerz nahm mir fast den Atem, doch Tom hatte nur eine bissige Bemerkung für mich übrig: »Mein Liebes, du trittst wirklich in jedes Fettnäpfchen, das für dich irgendwie in erreichbarer Nähe steht.«

Seine zynischen Worte ließen Wut in mir hochsteigen: »Du bist doch wirklich der Allerletzte,« schrie ich ihn an. »Gefühllos und egoistisch, langsam schaffst du es, dass ich dich hasse.«

Vor Aufregung überschlug sich meine Stimme: »Ich verfluche den Tag, an dem ich dich geheiratet habe.«

Tom drehte sich nicht einmal um, als er mir ganz knapp antwortete: »Das ist verständlich, Liebes.«

Ich dachte, ich hätte mich verhört, sagte aber nichts, weil ich André nicht in unseren Streit hineinziehen wollte. Ich hoffte, er hatte unseren heftigen Wortwechsel nicht hören können. Aber er schaute prüfend vom einen zum anderen, als er wieder neben mir saß. Wusste er doch durch mein gestriges »Coming-out« von unseren Ehe-Schwierigkeiten. Er nickte mir aufmunternd zu und machte sich daran, meinem Fuß wohltuende Kühlung zu verschaffen.

Ganz beiläufig fragte er einen Augenblick später: »Habt ihr schon gesehen, was da in der Kabine liegt? Ein Meer roter Rosen! Finde ich sehr seltsam, heute Vormittag waren sie noch nicht dort.«

Schnell schlüpfte er nochmals in die Kabine, kam mit einem Arm voll Rosen wieder heraus und schüttete sie auf meinen Schoß. Ich sprach kein Wort, es kam mir alles so irrwitzig vor. Ich versuchte nachzudenken – dem auf den Grund zu gehen, was sich in diesen Minuten abspielte, aber mein Kopf streikte. Keinen klaren Gedanken konnte ich fassen.

Plötzlich musste ich lachen. Ich konnte nicht aufhören. Ich lachte und lachte, bis Tränen die Oberhand gewannen.

Alle Rosen waren auf den hellen Teppichboden gefallen, der den Bootsboden bedeckte. Wie ein rot-goldenes Meer umschlossen sie meine Füße. Ich griff nach einem Exemplar, denn sie sahen wieder etwas verändert aus. Die Rose war zwar wie immer recht kurz geschnitten und der untere Bereich mit feinem Golddraht sorgfältigst umwickelt.

Auf dem Weg nach oben jedoch, wurde die Wicklung des Drahtes immer nachlässiger. Im oberen Bereich lief er kreuz und quer. Der Kopf der Rose war unter einem Wust von Draht fast ganz verborgen.

Noch dichter als bei Marielles Tod, dachte ich. Die Rosenblüte kam jetzt nur zum Vorschein, wenn man den Draht mit den Fingern auseinander zog. Tom ließ den Motor aufheulen und fuhr mit Höchstgeschwindigkeit auf die Mitte des Sees, kuppelte plötzlich den Gang aus und ließ das Schiff langsam an Fahrt verlieren.

Er sprach nicht, stand immer noch mit dem Rücken zu uns und starrte scheinbar in die Ferne. André schaute mich fragend an. Ich zuckte aber nur mit den Schultern, stand auf und humpelte zu Tom hinüber.

Ruhig sprach ich ihn an: »Tom, was ist hier los? Was soll das?«

Er reagierte jedoch nicht.

So tippte ich ihn an und fragte nochmals: »Tom, sag doch was ...«

Mit zu einer Grimasse verzerrtem Gesicht drehte er sich ruckartig um und schlug dabei meine Hand von seiner Schulter, als könnte er meine Berührung nicht ertragen.

Empört schrie ich auf und hob abwehrend die Hand.

Er glaubte wohl, ich wollte zurückschlagen und versetzte mir klatschend einen harten Schlag ins Gesicht. In hohen Bogen flog ich rückwärts in Andrés Arme, die mich schützend umschlossen.

Er half mir wieder auf die Bank zurück: »Tom, hast du deinen Verstand verloren? Bring uns sofort an Land, du Wahnsinniger!«

Andrés Stimme war schneidend, ich merkte, wie jeder Muskel seines Körpers angespannt war, sich kurz davor befand, Tom anzugreifen. Dazu ließ es Tom aber nicht mehr kommen, denn er richtete im selben Moment wortlos eine Pistole auf uns.

»Bist du nicht ganz bei Sinnen, Tom?« fragte André ungläubig. »Bin ich hier im falschen Film? Willst du uns beide umbringen oder warum stehst du wie ein Mittelklasse-Ganove mit gezückter Kanone vor uns?«

»Gut geraten,« konterte Tom. »Gar nicht so schlecht für einen Mittelklasse-Moderator.«

Ich konnte nicht glauben, was hier vor sich ging.

Ich verlangte von Tom: »Gib dieses Possenspiel auf. Bring uns zurück an Land, sofort und verschwinde aus meinem Leben.«

Tom ließ einen Moment verstreichen, bevor er antwortete: »Mein Plan sieht anders aus.«

Mir gefror das Blut in den Adern, als er das sagte.

»Ihr,« er machte eine kurze Pause. »Ihr werdet nie wieder Land betreten,« erklärte er uns mit ruhiger Stimme, als gelte es nur, uns über den nächsten Ausflugspunkt unserer Tour zu informieren.

»Tragischerweise werdet Ihr beide heute unglückliche Opfer dieses Bootsausfluges. Nur ich werde ihn überleben. Ich, der trauernde Witwer Tom Castelleti.«

Über den letzten Satz brach er in ein irres Lachen aus. André griff heimlich nach meiner Hand und blickte mich verschwörerisch an. Mir fiel es nicht schwer, in seinem Blick zu lesen, dass ich die Ruhe bewahren sollte. Ich musste mich aufs Äußerste beherrschen. Am liebsten wäre ich aufgesprungen und hätte Tom ein paar schallende Ohrfeigen versetzt. So blieb mir nur, ihn wütend anzusehen.

Immer noch sehr belustigt, erzählte er weiter: »Ja, wisst ihr, wir warten jetzt gemeinsam auf die alles verschleiernde Dunkelheit. Dann gibt es kurz einen lauten Knall – das war's.«

Während er »Knall« sagte, klatschte er laut in seine Hände.

Ich starrte ihn fassungslos an. Mein Kopf schmerzte dumpf und erleichterte mir das Nachdenken nicht gerade.

Sein Schlag hatte mich wirklich schwer getroffen.

»Tom,« sagte ich voller Unverständnis: »Was um alles in der Welt ist bloß in dich gefahren? Lass wenigstens André aus der Geschichte raus. – Tom, ich bin deine Frau!! Bedeute ich dir denn gar nichts mehr?«

Darauf bekam ich vorerst keine Antwort.

Immer wieder fragte ich Tom, warum er uns umbringen wollte. Ich bettelte ihn an, ich schrie und drohte, aber nichts half. Cool blieb er im Fahrerstand stehen, die Pistole spielerisch im Anschlag.

André war erstaunlich ruhig.

Nur einmal fragte er Tom, wie er sich den Hergang des tragischen Unglücks denn vorstellen würde: »Du glaubst doch nicht im Ernst, du würdest damit durchkommen?«

Tom schüttelte ungeduldig den Kopf, als hätten wir etwas unglaublich Dummes gesagt. »Sie haben alles bestens geplant.«

Ich horchte auf und fragte ihn verbittert, wer denn mit »sie« gemeint sein sollten: »sie«, das sind ja sicher deine italienische Geliebte und du!«

Zum ersten Mal sah ich eine Spur von Regung über sein Gesicht ziehen: »Sieh an, sieh an, für so findig habe ich dich nicht gehalten. Respekt, hat mir der kleine Schatz etwa nachspioniert?«

Das Lächeln verschwand aus seinem Gesicht, als er sagte: »Sie heißt Natalie und hat mit dieser Sache eher wenig zu tun. Allerdings hat sie gerade ein Kind von mir bekommen, und diese Tatsache allein genügt, uns ein bisschen zur Eile zu drängen.«

André unterbrach ihn rüde: »Du Schwein hast tatsächlich mit einer anderen Frau ein Kind? Und statt sich scheiden zu lassen, wie jeder normale Mensch, willst du uns umbringen, nur um an Gretas Erbe zu kommen? Du bist krank, das kann nicht klappen.«

André fing an, auf der Bank nervös herumzurutschen.

Tom sah das und warnte ihn: »Bleib ruhig sitzen, sonst knall ich dich gleich hier ab. Greta, du hast jahrelang eine falsche Schlange an deinem Busen genährt und nichts geahnt.«

Wieder fing er an, wie irre zu lachen und beschimpfte mich mit unflätigen Ausdrücken. Dabei verzog sich sein Gesicht zu einer hässlichen Maske, und ich wusste, wir waren in großer Gefahr.

Immer wieder suchte André meinen Blick, und ich ahnte, wie verzweifelt er nach einem Ausweg suchte. Langsam zog die Dunkelheit herauf, und Nebelfetzen schwebten dicht über der Wasseroberfläche.

Es wurde kalt auf dem Boot, und ich zog meinen Pullover über, der neben mir auf den Boden gefallen war. Es tat mir furchtbar Leid, André in diese Situation gebracht zu haben, und das sagte ich ihm auch.

Er blieb jedoch weiter still und angespannt auf seinem Platz sitzen und starrte auf ein imaginäres Ziel weit hinten, in Richtung Berge. Ich sprach nicht sehr laut, aber es reichte, um von Tom einen spöttischen Blick zu ernten.

»Nein Greta, wie rührend, du warst schon immer so liebenswert rücksichtsvoll.«

Ein Boot fuhr nah an uns vorbei, aber wir konnten nicht um Hilfe rufen. Tom machte uns klar, was das für Auswirkungen hätte. Er drehte das Radio, das sich auf dem Boot befand, voll auf und sang außerdem laut mit. Wir begriffen, die Vorbeifahrenden sollten sich an eine fröhlich feiernde Gesellschaft erinnern.

Die Zeit verging; langsam ging die Sonne unter und färbte den Himmel über den Berggipfeln blutrot. Es war wie eine schmerzhafte Erinnerung an das Licht, das sie mitgenommen hatte.

Plötzlich fing Tom wieder an zu sprechen:

»Als mein Vater vor vielen Jahren in St. Moritz beim Skilaufen verunglückte, geschah das nicht durch einen Unfall. Alle Welt sollte das annehmen. Dein Vater hatte ihn kaltblütig ermordet. Während der Schleppliftfahrt war er nicht aus dem Gleichgewicht geraten, wie dein Vater alle glauben machen wollte. Er hat meinen brutal zu Fall gebracht. Nur deshalb verunglückte er. Das war ganz klar ein Auftragsmord, denn dein so ehrenwerter Vater war ein Mitglied des organisierten Verbrechens. Genau wie meiner.«

Ich wollte protestieren, aber er ließ mich nicht zu Wort kommen.

Unbeirrt sprach er weiter: »Dein Vater hatte innerhalb der Organisation große Fehler gemacht und musste seinem Paten einen schrecklichen Vertrauensbeweis liefern. Den Tod seines besten Freundes Ernesto Castelletti. Dafür müssen du und deine ganze Familie bezahlen. Blutrache ist bei uns eine Frage der Ehre.«

Konnte es wirklich wahr sein, dachte ich entsetzt. War mein Vater ein Mörder?

Ich versuchte mich gegen seine Anschuldigungen zu wehren: »Mein Vater war ein integrer Geschäftsmann mit weltweit gutem Ansehen. Nie hätte er sich in unlautere Machenschaften verstricken lassen oder gar einen Mord begangen. Er war Mitglied unzähliger karitativer Einrichtungen, wie meine Mutter auch. Sie war überall als Meisterin im Sammeln von Spenden bekannt.«

Mein Puls raste. Was erzählte Tom da, dachte ich aufgeregt, hatte er wirklich seinen Verstand verloren?

Er schaute mich ungerührt an und stellte weitere Behauptungen auf: »Ja, ja, träum weiter. Dein Vater hatte lediglich weltweite Geschäfte geführt, um für die Organisation Gelder zu waschen und stand außerdem einem äußerst regen Handel mit Drogen vor. Denn auf Geld und

Drogen musste die Firma einen unbegrenzten Zugriff haben, nur so war sie funktionsfähig. Die Maske der braven Bürgerlichkeit war gewollt inszeniert und über Jahre hinweg auf- und ausgebaut worden. Irgendwann wurden die Differenzen, die dein Vater innerhalb der Firma hatte, unüberbrückbar. Er fällte damit sein eigenes Todesurteil, denn er wusste zu viel und konnte unserer Organisation gefährlich werden. Deshalb wurde er damals eliminiert. Er und deine Mutter.«

Ich schrie auf: »Niemals glaube ich dir diese Lügen! Und ertragen werde ich sie erst recht nicht länger!«

Ungeachtet der auf uns gerichteten Pistole stand ich auf und ging auf Tom zu. Wie in Trance, ganz ohne Angst. Blitzschnell fuhr auch André hoch, riss mich zurück und stürzte sich aus einer Drehung heraus selbst auf Tom.

Skrupellos schlug der jedoch mit dem Kolben seiner Waffe zu.

Er traf André so schwer am Schädel, dass er leblos in sich zusammensackte und auf dem Boden des Bootes liegen blieb. Ich wollte ihm helfen, Tom schubste mich jedoch unsanft auf die Bank zurück. »Setz dich,« brüllte er mich an.

Zwei Sekunden später fuhr er fort zu sprechen, als wäre nichts geschehen. »Ich hatte mich anfänglich wirklich in dich verliebt. Du hast mir gut gefallen, so wunderhübsch wie du bist. Deine bezaubernde Art muss jedem Mann den Kopf verdrehen. Aber in Irland wurde ich von einem Freund gewarnt. Meiner Verliebtheit wegen. Es würde noch der Tag kommen, an dem ich dich und deine Familie hassen würde.

Die ganze Wahrheit erfuhr ich erst, als wir wieder in Locarno waren. Ich glaube, es war der Tag unserer Housewarming Party. An jenem Abend erfuhr ich, welcher Schatten auf unserer Beziehung lag. Zuerst wollte ich mich dagegen wehren, aber ich konnte die Tatsachen nicht vergessen. Sie deiner Familie nicht verzeihen.

Mich brauchte keiner davon zu überzeugen, meine Eltern zu rächen. Meine Mutter hat sich vor Gram über den Tod meines Vaters das Leben genommen, dafür verfluche ich eure ganze Sippschaft.«

Er zündete sich eine Zigarette an, inhalierte den Rauch tief und schwieg einen Moment.

Mein Magen rebellierte vor Aufregung, trotzdem versuchte ich mich an die Verfügung zu erinnern, die ich damals in Herrn Schumanns Kanzlei ausgehändigt bekam.

Ja, es stimmte, überlegte ich, darin stand, Toms Mutter hätte Selbstmord begangen: »Du hasst mich so sehr, dass du nicht nur mich, sondern auch einen Unbeteiligten umbringen willst? Du lädst damit eine ungeheure Schuld auf dich. Oder ist dieses hier etwa deine Gehorsamsprüfung, ähnlich wie mein Vater sie angeblich an deinem Vater abgeleistet haben soll? Ja, gehörst du denn auch zu denen? Zu dieser ›Firma‹?«

In diesem Moment hörte ich André, wie er vor Schmerzen aufkeuchte und sich schwach regte. Dann lag er wieder ganz still. Ich sah ihn besorgt an, konnte nicht einmal erkennen, ob er noch atmete.

Tom warf seine Zigarette ins Wasser: »Im Grunde gehörte ich schon seit meiner Kindheit dazu. Von Anfang an war geplant, uns zu verheiraten, um so an dein Vermögen zu kommen. Allerdings wusste ich zu diesem Zeitpunkt die Wahrheit nicht. Als dein Ehemann war ich erbberechtigt, das hatte dich damals noch attraktiver gemacht. Die Werft brauchten sie, um Dokumente oder Drogen über die Schweizer Grenze zu schmuggeln und um mir eine legale Existenz zu bieten. Ich – und somit wir wurden äußerst selten vom Zoll kontrolliert. Meine Güte, wie oft habe die tollsten Dinge in deinem Boot versteckt, wenn du die Werft besucht hattest.«

Diese Erinnerung schien ihn sehr zu belustigen.

Wieder verzog sich höhnisch sein Gesicht. »Die liebe gute Greta, den Bootsboden voller Koks.«

Sein Lachen schallte laut über das Wasser. »Uns kannten die Zöllner ja. Sie wussten, Arbeitsplatz und Wohnung lagen in unterschiedlichen Ländern.«

Ich schaute ihn voller Verachtung an: »Du bist wahnsinnig, du hast dich zu ihrem Werkzeug machen lassen und irgendwann bist du selber dran. Wenn heute unser Tag sein soll, dann ist deiner auch nicht allzu fern.«

Ich schaute ihn drohend an, aber Tom war unbeeindruckt von meinen Worten.

Ich glaube, er hatte mir nicht einmal richtig zugehört. »Tja Greta, mit der Idee, dein Vermögen in eine Stiftung zu stecken, hast du dir dein eigenes Grab geschaufelt. Und die zarten Bande, die du zu André geknüpft hast, führten ebenso dazu, unsere Pläne schnell zu konkretisieren und umzusetzen. Voilà, gleich ist es soweit.«

Toms Plan ging also auf, dachte ich, seine Rache an mir war perfekt. Eine gewisse Zeit lang hatte er den leidenschaftlichen Liebhaber und Ehemann exzellent gespielt. Das sagte ich ihm auch. Ich hatte mich voll auf ihn eingelassen und nichts bemerkt. Zumindest anfänglich nicht.

Er antwortete: »Leidenschaft? Die kann jeder schöne Frauenkörper bei einem Mann wecken und den hast du zweifellos.«

Dabei ließ er seinen anzüglichen Blick über mich gleiten und grinste ekelhaft. Ich fühlte mich von ihm beschmutzt, dafür hätte ich ihn töten können. Wie hatte er es nur geschafft, mich so hinters Licht zu führen. Aber all das war jetzt unwichtig, ermahnte ich mich selbst und schaute sehnsüchtig in Richtung Ufer.

Immer weiter zog die Dämmerung über uns. Der Himmel war wolkenlos und der Vollmond erhellte das Szenario. Man konnte das Licht jeder einzelnen Straßenlaterne am

Ufer erkennen und doch lag es in unerreichbarer Ferne. Ganz dunkel würde es nicht werden. Sie hatten sich nicht die optimale Nacht für diese Aktion ausgesucht.

Ich hoffte immer noch, irgend jemand würde uns entdecken und retten. Fieberhaft spielte ich alle erdenklichen Möglichkeiten durch, Tom zu überwältigen, aber ein Blick zu seiner Pistole genügte, sie allesamt fallen zu lassen.

Langsam kam Bewegung in Andrés Körper. Er schien die Besinnung wiederzuerlangen. Zunächst fiel mir ein Stein vom Herzen. Dann ging mir jedoch durch den Kopf, dass wir so oder so gleich sterben würden und vielleicht wäre es für André eine Gnade gewesen, nicht mehr aufzuwachen. Ihm fehlte die Kraft sich aufzurappeln und er blieb erschöpft mit geschlossenen Augen liegen.

Es sollte mir gänzlich die Sprache verschlagen, als Tom unbeirrt weitersprach: »Wenn ich schon einmal dabei bin, mich zu offenbaren, kannst du auch alles erfahren. Deine heißgeliebte Großmutter hätte mir beinahe einen Strich durch die Rechnung gemacht. Die mochte mich nicht wirklich.«

Dabei schüttelte er bedauernd den Kopf: »Dabei sagte man mir immer, ich würde den Eindruck des fehlerlosen und sympathischen Schwiegersohntyps vermitteln, wie man ihn sich so wünscht, oder? Na ja, wie dem auch sei, deine monatelange Abwesenheit, eine gute Pflegerin und ein sensationelles Medikament sorgten damals dafür, dass sich meine Bedenken diesbezüglich in Luft auflösten. Es war mir auch wirklich zu unromantisch, mich ständig auf leisen Sohlen durch ihr Haus zu bewegen, immer auf der Hut vor der alten Dame.«

Wieder lachte er sein beängstigendes Lachen: »Alzheimer lässt grüßen. Hätte sie die Tröpfchen nicht bekommen, wäre die Gefahr groß gewesen, dass sie mich erkannt und dich vor mir gewarnt hätte. Sie muss etwas von der Firma gewusst haben, niemals hätte sie zugelassen, dass du mich heiratest.«

Während er sich offenbarte, raste mein Puls durch die Adern, ich fühlte mich so hilflos und die Ungeheuerlichkeit seiner Ausführungen nahm mir fast die Luft zum Atmen. Aber ich musste nun alles erfahren und zwang mich, ihm weiter zuzuhören.

Er behauptete, meinem Vater wäre es nicht verborgen geblieben, dass Tom für die Organisation erzogen wurde. Irgendwann musste er auch meiner Mutter eingestehen, in welchen Fängen er sich verstrickt hatte, denn auch sie war völlig ahnungslos. Ohne einen Laut von mir zu geben, rannen die Tränen über meine Wangen. Ich konnte sie nicht mehr zurückhalten.

Voller Kummer ging mir ein Licht auf: »Dann hast du auch Marielles Leben ein Ende gesetzt.«

»Gut kombiniert. Diese Frau habe ich wirklich verabscheut. Diese mütterlich liebevolle Freundin, die ihrem Liebling Greta nichts abschlagen konnte, war mir ein Dorn im Auge. Marielle hatte keine Chance. Sie lief zu langsam, war einfach zu unsportlich. Tja, und sogar der arme Detektiv musste unter eurer Freundschaft leiden. Dabei hatte er so gute Arbeit geleistet.«

Die Zigarette lässig im rechten Mundwinkel hängend, sagte er sinnierend: »Ja, ja, was der See einmal verschluckt ... Detektive sinken übrigens besonders zügig, wenn Beton der Schwerkraft im Wasser zu ihrem Recht verhelfen kann.«

Dumpf schmerzte mein Kopf, ich konnte das alles nicht glauben.

Bitterkeit und maßlose Empörung stiegen in mir hoch: »Du hast meine Familie ausgelöscht und die einzige wahre Freundin getötet, die ich jemals hatte. Du bist ein Ungeheuer. Dann hast du auch die Mappe mit dem Observationsergebnis verschwinden lassen?«

Jetzt erst bemerkte ich, dass André, der mir mit seinem Gesicht zugewandt lag, alles mitbekommen hatte. Fassungslos blickte er mich aus seinen weit geöffneten Augen an.

»Tom, du bist krank, richtig krank,« sagte ich völlig schockiert. »So grausam und unmenschlich.«

Tom wischte alles mit einer abwertenden Handbewegung beiseite. Er sah auf die Uhr und schaute auf das Wasser. Spiegelglatt lag es da. Wir hatten unsere Position nicht verändert. Leise dümpelte das Boot vor sich hin.

Plötzlich spannte sich Toms Körper. Er nahm sein Fernglas und schaute in Richtung Ufer. Er teilte uns mit, das verabredete Signal gesehen zu haben. Jetzt würde es ernst werden.

Er fing an, sich auszuziehen. Nur den Slip und das geöffnete Oberhemd ließ er an. Auf seiner nackten Brust baumelte an einer Kordel ein kleiner schwarzer Gegenstand. In diesem Moment ging mir auf, wen er mit der »Organisation« meinte.

Es handelte sich um eine einzelne Person: »Tom, Herr Schumann verkörpert die Firma, nicht wahr?«

Diese Gewissheit fiel mir wie die bekannten Schuppen von den Augen.

Tom antwortete mir mit einem anerkennenden Blick: »Du konntest es nicht ahnen, gib dir keine Mühe, das zu verstehen.«

Uns nicht aus den Augen lassend, befahl er André, die Liegefläche im hinteren Teil des Bootes hochzuklappen und ein Schwimmbrett aus dem Stauraum zu holen.

»Leider muss ich euch gleich verlassen, es war schön mit euch. Ihr werdet bald durch eine Explosion ins Jenseits befördert werden, und dabei möchte ich euch auf keinen Fall Gesellschaft leisten. Lieber bringe ich einige hundert Meter Abstand zwischen uns.«

Nur zum Spaß tat er so, als würde er an dem Objekt, das er um seinen Hals trug, einen Knopf drücken und eine Explosion auslösen.

154

Ich zuckte vor Schreck zusammen. Er sah in unsere verängstigten Gesichter und fing wieder wie irre an zu kichern. Aus einem Seitenfach des Bootes holte er noch einen Plastikbeutel, wie ihn manche Leute zum Schwimmen tragen, wenn sie Wertsachen mit ins Wasser nehmen wollen.

Dort hinein steckte er den ominösen Gegenstand und band ihn sich wieder um den Hals. Ich wusste, an sein Mitleid zu appellieren, hatte keinen Zweck. Tom kannte solche Gefühle wohl nicht.

Stattdessen hielt ich ihm vor, mit dieser Sache nicht durchkommen zu können: »Niemand wird auf diesen plumpen Mord hereinfallen, Tom, wie kannst du das nur glauben?«

Er erwiderte schulterzuckend: »Alles ist bestens geplant. Gleich werde ich per Fernzündung den Benzinmotor zur Explosion bringen. Wisst ihr, so etwas kommt vor. Laufend explodieren diese Dinger. Deshalb empfehlen wir unseren Kunden immer die sicheren, aber unsportlicheren Dieselmotoren. Bei diesem Bootstyp aber, ist der Benziner Usus, also gerechtfertigt. Seht ihr, an dieser Stelle des Sees ist das Wasser besonders tief. Alle werden an eine furchtbare Tragödie glauben. Ich habe mich zu diesem Zeitpunkt im Wasser befunden und komme so mit dem Leben davon. Welch ein Schicksal. Nein, Greta, alle werden es glauben. Außerdem sind wir hier in Italien, hier herrschen andere Gepflogenheiten als in Helvetien. Vor allen Dingen, wenn man die Untersuchungs-Beamten kennt – und deren Schwächen noch dazu.«

Er schaute mich erwartungsvoll an, aber ich konnte nichts mehr sagen. Es gab nichts mehr zu sagen.

Mein Gehirn war nicht fähig eine Strategie zu entwickeln, um Tom zu überlisten. Ich sah keinerlei Möglichkeit.

André nahm meine Hand in seine und schaute mich an.

Ich erwiderte seinen Händedruck. Er hatte so viel Wärme in seinen Augen. Ich war überrascht, Liebe zu sehen. Liebe, die mir galt. Das gab mir die Kraft, mich wieder Tom zuzuwenden.

»So, ihr beiden Turteltauben, ab in die Kabine, ihr glaubt doch wohl nicht, dass ihr hier draußen sitzen bleiben dürft.« Tom fuchtelte mit der Pistole herum und zwang uns, in die Kabine zu schlüpfen.

Sie war sehr flach und erlaubte uns nicht zu stehen. Nebeneinander saßen wir auf der Liegefläche und schauten uns unbeirrt in die Augen. Mit einem heftigen ›Rums‹ verschloss Tom von außen die Tür.

Ich hatte einfach nur Angst und fing an zu zittern.

André fragte mich: »Willst du leben, Greta? Ich will leben – die Chance haben, dich richtig kennen zu lernen. Lass uns versuchen, hier irgendwie herauszukommen.«

»Ja,« antwortete ich. »Ich will nicht auf die Explosion warten. Glaubst du, er ist noch auf dem Boot?«

André schüttelte unschlüssig den Kopf und machte sich am Türverschluss zu schaffen. Ich wusste, wir würden ihn von innen nicht öffnen können und schaute mich skeptisch in der kleinen Kabine um. »Da, das Fenster.«

Ich zeigte auf die Luke, die über der Liegefläche in den Himmel eingebaut war.

André schüttelte wieder den Kopf: »Da passe ich nicht durch, das geht nicht, Greta.«

Ich schob ihn sanft zur Seite und löste die Verriegelung, die seitlich an der Luke angebracht war.

André zog mich zu sich herum. »Greta, das lasse ich nicht zu, er wird auf dich schießen!«

Ich schaute ihm eindringlich in die Augen: »Das ist unsere einzige Möglichkeit. Ich klettere hindurch und versuche die Kabinentür von außen zu öffnen. Egal, was gleich passieren wird, ich werde es auf jeden Fall versuchen, André.«

Auf sein Gesicht traten kleine Schweißtropfen, aber er nickte mir zu. Ich öffnete vorsichtig die Luke und schaute mich erst einmal draußen um. Mein Herz stockte, als ich Tom an der Bugspitze stehen sah. Er öffnete gerade nochmals seinen Plastik-Beutel und verstaute auch die Pistole darin. Wieder hing er sich den Beutel um und griff nach seinem Board, mit dem er ins Wasser sprang.

Lautlos schlüpfte ich durch das Fenster und sprang mit einem Satz über die Windschutzscheibe zurück ins Bootsinnere. Der Schlüssel steckte zu meiner Erleichterung noch von außen.

Ich schloss die Tür auf und ließ André heraus. »Er ist schon im Wasser und schwimmt in Richtung Ufer,« rief ich ihm zu.

Ehe ich mich versah, stürzte sich André hinterher. Mit kräftigen Schwimmstößen verfolgte er Tom. Ich konnte sehen, wie sich der Abstand zwischen ihnen verringerte. Damit hatte Tom nicht gerechnet. André hatte die ganze Zeit still und eher verängstigt neben mir gesessen. Tom wog das wohl in einer Sicherheit, die sich als trügerisch erwies. Wäre er vorsichtiger gewesen, hätte er uns gefesselt, bevor er uns einsperrte.

Ich startete den Motor und fuhr langsam hinter den beiden her. André hatte Tom schon erreicht. Er war der bessere Schwimmer. Vorsichtig brachte ich das Boot längsseits der beiden und machte den Motor wieder aus.

Ich kletterte auf die Bugspitze, aber in der Dunkelheit war außer einem kämpfenden Menschen-Knäuel nicht viel zu erkennen. Schnell sprang ich zurück ins Boot und kippte den Inhalt meiner Handtasche achtlos auf den Boden.

Das Handy hatte Tom mir schon nachmittags weggenommen, während wir auf das Einbrechen der Dunkelheit warteten. Ich wühlte eilig in meiner Handtasche und hielt triumphierend ein anderes Handy hoch.

Das Ersatz-Handy hatte er nicht entdeckt. Tom wusste

nichts von meiner Twin-Card, die ich seit einiger Zeit besaß. Ich hatte mir die Zweitkarte plus Handy angeschafft, weil ich mein Gerät häufig verlegte und dann ewig brauchte, um es zu finden. Das fand stets Toms Spott, und so ließ ich es als Ersatz im Handschuhfach meines Autos liegen.

Heute Morgen jedoch hatte ich es in das Seitenfach meiner Handtasche gesteckt, weil der Akku meines anderen Handys fast leer war. Dort hatte Tom es nicht sehen können, als er auf der Suche nach meinem Telefon die Tasche durchwühlte. Jetzt wählte ich hektisch den Notruf und beschrieb in kurzen Sätzen unsere Situation.

Man versprach schnell Hilfe zu schicken: »Legen Sie nicht auf. Bis unsere Kollegen bei Ihnen eintreffen, wollen wir den Kontakt zu Ihnen aufrechterhalten. Bleiben sie also bitte am Apparat.«

Mit dem Handy in der Hand beugte ich mich wieder über die Reeling, in der Hoffnung, mehr als eben erkennen zu können. Aber selbst der helle Mondschein war zu schwach. Es schien unmöglich in den Kampf einzugreifen.

Plötzlich hörte ich jemanden schwer nach Luft schnappen, sonst war wieder alles ruhig. Dann kam erneut Bewegung ins Wasser. Ich hörte, wie jemand auf das Boot zuschwamm. Das plätschernde Geräusch näherte sich schnell. Wer von beiden war es nur, fragte ich mich erschrocken. Was war, wenn es sich um Tom handelte und André den Kampf verloren hatte? Ich sah, wie die Person das Boot umrundete, um an die Leiter zu gelangen. Nur mit deren Hilfe konnte man zurück ins Boot klettern.

Panisch schilderte ich dies der Polizei. »Hallo, da schwimmt jemand zur Leiter. Er will zurück ins Boot. Ich weiß nicht, wer von beiden es ist. Warum hilft mir denn keiner, ich habe Angst!!,« schrie ich verzweifelt in den Hörer.

Meine Stimme kippte vor Aufregung und war ganz schrill.

»Jeden Moment werden meine Kollegen bei Ihnen sein,« versuchte der Polizist am anderen Ende der Leitung mich zu beruhigen.

Fieberhaft dachte ich nach, was zu tun sei. Ich griff nach einer vollen Flasche Wein, die in einer Ecke stand und führte sie als Waffe in der Hand.

Immer wieder rief ich ängstlich ins Dunkel hinein: »Wer ist dort? André, André, bist du es?« Aber ich hörte nur das laute Keuchen eines erschöpften Menschen.

Ich war überzeugt, André wäre tot und Tom würde jetzt zurück ins Boot wollen, um mich zu töten. Er hatte sich mit aller Brutalität gegen André gewehrt, da war ich ganz sicher.

Ich sprang zum Fahrerstand und startete den Motor. Sobald Tom auf der kleinen Plattform stand, wollte ich Vollgas geben, um ihn so zurück ins Wasser zu befördern. Längst hatte ich das Handy achtlos beiseite gelegt, denn hier konnte mir keiner helfen. Jetzt musste ich selbst etwas tun.

Die Zeit erschien mir endlos, und von der Polizei war weit und breit nichts zu sehen. Ich hörte das Geräusch, das die Leiter macht, wenn sie beim Herausklappen ins Wasser klatscht.

Mir standen die Haare zu Berge, als ich sah, wie sich jemand ächzend zur vollen Größe aufrichtete. »André? – Tom?« fragte ich, »Antworte!«

Immer noch konnte ich nicht viel erkennen. »Jeden Augenblick ist die Polizei hier, du hast gar keine Chance,« drohte ich.

Den Gashebel hielt ich fest in der Hand, um ihn sofort ganz umlegen zu können. Mein Herz überschlug sich fast vor Aufregung, als ich seine Stimme erkannte: »Hilf mir, Greta.«

Es war André. Er hatte es geschafft. Vor Erleichterung

fing ich an zu weinen und zog ihn ganz ins Boot hinein. Sein Körper zitterte wie Espenlaub. Er wollte mir etwas sagen, aber vor Erschöpfung kam nur ein Krächzen über seine Lippen. Ich konnte ihn nicht verstehen. Ungeduldig deutete er mir an, mit dem Boot loszufahren, einfach ein Stück zu fahren.

Die Leiter war noch nicht wieder hochgeklappt. Ließ man sie unten, war es wahrscheinlich, mit ihr bei laufendem Motor die Schraube zu demolieren. Ich kletterte schnell selbst auf die Plattform. Man konnte sie nur schlecht bewegen, wenn man nicht tief genug nach ihr griff. Also beugte ich mich noch ein Stück weiter nach unten, umfasste das kalte Metall und zog kräftig daran.

Vor Schreck blieb mir fast das Herz stehen, als ich spürte, wie etwas meine Hand umklammerte. Ich versuchte mich loszureißen, aber es gelang mir nicht. Es fehlte nicht viel und ich würde ins Wasser gezogen werden.

Laut rief ich um Hilfe: »Tom lebt noch, er lebt! Hilfe, er ist hier an der Leiter.«

André kam sofort auf die Plattform, und aus den Augenwinkeln sah ich, wie er nach Tom schlug. Ein dumpfer Schlag zeigte mir, dass er getroffen hatte. André hatte mit der Flasche zugeschlagen, die ich eben in der Hand gehabt hatte. Im gleichen Augenblick spürte ich erleichtert, wie meine Hand wieder frei kam.

André krächzte immer noch, aber ich konnte ihn jetzt besser verstehen: »Greta, du musst ihm den Beutel abnehmen, wir müssen den Fernzünder haben.«

Tom lag mit dem Gesicht im Wasser und es kostete mich große Überwindung, ihn wieder ein Stück zu mir heranzuziehen, um so den Beutel abstreifen zu können.

Ich kämpfte mit mir und meinem Gewissen: »Wir können Tom nicht im Wasser lassen. Wenn er noch nicht tot ist, wird er ertrinken.«

Auch wenn er uns umbringen wollte, ließ es mich nicht gleichgültig, wie ich ihn so im Wasser liegen sah.

Aber André zog mich wieder zurück ins Bootsinnere und zeigte auf das sich uns schnell nähernde Schiff: »Lass die Polizei Tom herausfischen, wir dürfen kein Risiko mehr eingehen.«

Ich startete den Motor, um einige Meter Abstand zwischen Tom und uns zu bringen. Mir kamen die Horror-Filme in den Sinn, in denen die eigentlich Besiegten immer wieder auferstehen, um doch noch ihr schreckliches Werk zu vollenden. Und das hier war ein Horror-Film.

Es dauerte Stunden, bis die Polizei unsere Befragung abgeschlossen hatte. Tom war tot. Er erwachte nicht mehr aus seiner tiefen Bewusstlosigkeit und starb noch im Rettungswagen.

Als wir gegen Mitternacht wieder in die Schweiz zurückkehren durften, wussten wir schon, dass Herr Schumann sich das Leben genommen hatte. Offensichtlich hatte er erfahren, dass die Aktion fehlgeschlagen war.

Neben ihm wurde ein Rose gefunden. Ebensolche, wie wir sie in großer Menge auf dem Boot vorgefunden hatten.

Mich im Stillen zu kontrollieren hatte ihm nicht gereicht, er wollte mich mit den Rosen verunsichern und ängstigen und mir zeigen, dass es jemanden gab, der mein Leben verfolgte und beeinflusste.

Herr Schumann hatte die Schüsselrolle als integrer Rechtsanwalt bravourös gespielt. Er hatte uns allen etwas vorgemacht.

Jahrzehntelang war er der Kopf des organisierten Verbrechens gewesen. Allerdings hatte die Polizei durch V-Männer versucht, die Firma zu infiltrieren und schon seit längerem verdeckt gegen ihn und Tom ermittelt. Sie setzten alles daran, das Geflecht zu zersprengen.

Vermutlich war Herrn Schumanns Frau aus allen Wolken gefallen, als sie die Wahrheit über das »wirkliche« Leben ihres Mannes erfuhr. Genau wie meine Mutter es damals gewesen war.

Erst, als sich das Drama auf dem Boot anbahnte, ahnte ich, wer mein ganzes Leben kontrolliert und gelenkt hatte. Immer war diese Bedrohung für mich spürbar gewesen. In perfider Weise hatte er durch das Auslegen der Rosen meiner Angst Ausdruck verliehen. Die schreckliche Gefahr, die von ihm ausging, hatte ich nie erahnt.

Furchtbare Verluste mussten ich und andere durch ihn erleiden. Er war ohne Mitleid oder Gefühl für andere. Kalt wie eine Maschine hatte er sein Ziel verfolgt. Menschen ließen ihr Leben, nur weil sein krankes Hirn es so entschieden hatte.

Als wir wieder Schweizer Boden unter den Füßen hatten, fuhren wir nicht in mein Haus am See zurück. Dieses Grundstück betrat ich nie wieder. Ein Makler veräußerte es einige Zeit später in meinem Auftrag.

Trotz unserer Entkräftung fuhren wir in den frühen Morgenstunden direkt weiter bis nach Zürich in das Haus, das jetzt André gehörte. André. Während der Fahrt sprachen wir keine zwei Worte miteinander. Jeder von uns hing seinen eigenen Gedanken nach.

Vor seinem Haus half er mir aus dem Auto und stützte mich beim Gehen. Noch immer konnte ich nicht mit dem angeknacksten Fuß fest auftreten. Er ließ erst los, als wir in seinem Schlafzimmer waren. Ich zog nur meinen Blouson aus und André half mir aus den Schuhen. Alles andere ließ ich an und legte mich auf die Tagesdecke seines Bettes. Arm in Arm schliefen wir ein, jeder brauchte die beruhigende Nähe des Anderen.

Ein Liebespaar wurden wir erst am nächsten Morgen.

Es ergab sich aus unserer Zärtlichkeit zueinander, dem Streben uns gegenseitig ganz nah zu sein. Ich hatte nicht das Gefühl einen Fehler zu machen, so kurz nach diesen furchtbaren Erlebnissen mit Tom. Es war eher so, als würde André etwas an mir gut machen, ein wenig die Erlebnisse, die ich mit Tom hatte, von mir abrücken. Damit sie mich nicht bedrängten, sondern ich sie in Ruhe betrachten konnte.

An diesem Morgen zeugten wir unsere erste Tochter. André war der Mann, der zweimal sein Leben für mich eingesetzt hatte. Dafür schenkte ich ihm meine Liebe.

Einige Monate später gab ich große Teile meines Vermögen an die von mir gegründete Stiftung weiter. Mit dem Blutgeld meines Vaters wollte ich nichts mehr zu schaffen haben. Auch die Werft, der Kern allen Übels, behielt ich nicht. Sie wurde von einem größeren Unternehmen geschluckt, das sich im Offshore-Bereich spezialisiert hatte.

Trotzdem hatte ich durch das Erbe meiner Großmutter genügend Geldmittel zur Verfügung. Immer noch war ich vermögend zu nennen.

Mein Tagebuch führte ich nur bis zu dem Tage, an dem ich erfuhr, dass ich schwanger war. Merkwürdigerweise waren die drei Bücher, die ich einmal von meiner Großmutter bekommen hatte, bis zur letzten Seite gefüllt. Meine erste Schwangerschaft war der letzte Eintrag darin.

Ich schloss die Bücher und verstaute sie ganz hinten in meinem Schreibtisch. Ein zufälliges Auffinden war unmöglich. Aber eines Tages, wenn ich die Kraft dazu haben würde, wollte ich sie wieder hervorholen, um zu lesen, was sich in meiner Jugend und in meiner ersten Ehe abgespielt hatte.

Epilog: Zürich – 2002

Ich wurde wach, weil mir das dritte meiner Tagebücher aus den Händen gefallen war. Es landete unsanft auf dem Boden, direkt neben den anderen beiden, die ich im Laufe der vergangenen Nacht dort hingelegt hatte.

Ich setzte mich aufrecht hin und rieb mir die Augen. Wie gerädert fühlte ich mich, jeden Knochen spürte ich durch die auf dem Sofa verbrachte Nacht. Ein Blick auf meine Armbanduhr zeigte, dass es halb sieben in der Früh war.

Ich schlug die Wolldecke zurück und ging in die Küche. Auf dem Wege dorthin warf ich einen Blick in das Kinderzimmer. Tief und fest schliefen meine beiden Mädchen. In der Küche schaltete ich die Espresso-Maschine ein und entschied mich für einen Cappuccino, den ich wieder mit zur Couch nahm.

Meine nächtliche Reise in die Vergangenheit hatte mich seelisch sehr aufgewühlt. Ich vermisste André, gerne hätte ich mit ihm über meine Tagebücher gesprochen. Aber dieses Vorhaben musste erst einmal warten. Er hatte einen Sendeplatz im Frühstücksfernsehen übernommen und würde erst mittags nach Hause kommen.

So schaltete ich den Fernseher ein und suchte das entsprechende Programm. Er moderierte eine Quiz-Sendung, die live ausgestrahlt wurde. Die Kandidaten konnten große Geldsummen gewinnen und wurden von einem Zufallsgenerator aus einer zwanzigköpfigen Bewerberschar ausgewählt. Die Fragen waren wissenschaftlicher Art und stellten hohe Anforderungen an die Allgemeinbildung des jeweiligen Kandidaten. Diese Sendung schaute ich mir regelmäßig an. Sie hatte ein Konzept, das mir zusagte.

Ich fand es positiv, dass André durch die neue Arbeitszeit viel mehr Zeit für die Familie hatte. Als einzigen Nachteil empfanden wir das frühe Aufstehen um vier Uhr morgens. Der Vorspann war zu Ende und André begann mit der Anmoderation.

Er hatte eine tolle, sympathische Ausstrahlung und war in den letzten Jahren immer beliebter geworden. Er war aus dem Schweizer Fernsehen nicht mehr wegzudenken. Die Stimmung im Studio stieg, als André den Generator in Betrieb nahm. Wie wild blitzten die farbigen Studiolichter auf, bis sie auf einer jungen Frau stehen blieben, und sie hell anstrahlten. Laut ertönten Fanfaren, und eine Assistentin geleitete sie durch das Studio zu ihrem Kandidatenstuhl. Sie hatte den aufreizenden Gang einer Katze. Geschmeidig setzte sie sich auf ihren Platz. Die Sendung konnte beginnen. André stellte die Kandidatin seinem Publikum vor. Sie hieß Natalie Bruni und kam aus Italien, wohnte aber schon einige Jahre in der Schweiz. Außerdem war sie allein erziehende Mutter, ihr Mann war auf tragische Weise bei einem Unfall kurz nach der Geburt ihres Kindes ums Leben gekommen. Jetzt hoffte sie auf einen großen Gewinn, mit dem sie ein Haus in einer besseren Wohngegend für sich und ihren neunjährigen Sohn kaufen wollte.

Ich bewunderte sie für ihre Offenheit und drückte der jungen Frau beide Daumen. Da fragte André Frau Bruni, was ihr persönlicher Talisman sei, den sie sich heute mitgebracht habe. Das war Usus in der Sendung und für viele ein Sport, um sich an Ausgefallenheit zu übertreffen.

Wieder ertönten Fanfaren und die gleiche Assistentin brachte den Talisman der Kandidatin auf die Bühne. Er wurde wie immer auf einem weißen Samtkissen dem Publikum präsentiert. Ich nahm die Fernbedienung in die Hand, stellte die Lautstärke höher ein und griff nach der Kaffeetasse.

Als ich wieder auf den Bildschirm schaute, sah ich Andrés entsetzten Blick. Auf dem Kissen lag eine rote Rose, um deren Stiel sorgfältig Golddraht gewickelt war. Er schaute vom Kissen zu der Frau und wieder zum Kissen. André ahnte es vielleicht, aber ich erkannte diese Frau. Sie war die schwangere Frau, die Tom in Italien geküsst hatte, seine Geliebte.

Ich sprang auf, die Kaffeetasse, die ich in der Hand hielt, zerschellte mit einem lauten Klirren auf dem Wohnzimmertisch. Wie eine gewaltige Wasserwoge fühlte ich eine Ohnmacht über mir zusammenschlagen, aber mir kam noch ihr Kind in den Sinn. Toms Kind – und ein Wort, das er uns in jener schicksalshaften Nacht entgegen geschleudert hatte. Nur ein Wort: Blutrache!